DUELO

David Grossman

DUELO

Tradução de George Schlesinger

Ilustrações de CárcamO

O selo jovem da Companhia das Letras

Copyright do texto © 1998 by David Grossman
Copyright das ilustrações © 2010 by CárcamO

O selo Seguinte pertence à Editora Schwarcz S.A.

Grafia atualizada segundo o Acordo Ortográfico da Língua Portuguesa de 1990, que entrou em vigor no Brasil em 2009.

Título original
Du-krav

Capa
Helen Nakao

Revisão
Ana Luiza Couto
Veridiana Maenaka
Lucas Puntel Carrasco

Dados Internacionais de Catalogação na Publicação (CIP)
(Câmara Brasileira do Livro, SP, Brasil)

Grossman, David
  Duelo / David Grossman; ilustrações de CárcamO; tradução de George Schlesinger. — São Paulo : Companhia das Letras, 2010.

  Título original : Du-krav.
  ISBN 978-85-359-1369-9

  1. Ficção israelense I. Título

08-11006   CDD-892.43

Índice para catálogo sistemático:
1. Ficção israelense 892.43

9ª reimpressão

2022

Todos os direitos desta edição reservados à
EDITORA SCHWARCZ S.A.
Rua Bandeira Paulista, 702, cj. 32
04532-002 — São Paulo — SP
Telefone: (11) 3707-3500
www.seguinte.com.br
contato@seguinte.com.br

/editoraseguinte
@editoraseguinte
Editora Seguinte
editoraseguinteoficial

Sumário

1. Debaixo da cama, 7
2. Ainda debaixo da cama, 17
3. Os olhos da Edith, 27
4. Código de honra, 39
5. Os tempos mudam, 51
6. Vera, 63
7. Uma história de amor, 73
8. Adeus, Rosenthal, 83
9. Reflexões de um detetive principiante, 93
10. Ann, 103
11. O duelo, 115
12. Foi ou não foi?, 125

Sobre o autor, 133
Sobre o ilustrador, 135

1.
Debaixo da cama

Éramos três: Rámi, o mais forte da classe; Amnon, que era valente como um piloto japonês e sabia mexer as orelhas; e eu.

Não. Não é isso.

Éramos sete. Sete jovens destemidos. Investigadores brilhantes, olhares ultra-aguçados. Tínhamos até um cachorro, claro (não poderia ser diferente); um cachorro grande e esperto, que quando necessário sabia disparar uma arma e mentir sem ficar vermelho. Sim, com ele éramos invencíveis, éramos in...

Não.

Não éramos três nem sete, e quanto ao cachorro, sem comentários. Era só eu. Sozinho. Talvez se houvesse outra pessoa eu teria me sentido mais seguro ali, embaixo da cama, no lar de idosos no bairro de Beit Hakerem, esperando o terrível valentão da faculdade de medicina de Heidelberg, cidade que fica na Alemanha. Talvez se houvesse mais alguém... Não peço muita coisa, só alguém que saiba o que fazer em situações de perigo, que tenha alguma prática em investigação e, de preferência, que também possua uma arma; e talvez uma lupa, para depois descobrir impressões digitais no cadáver... mas, sinceramente, eu estava com muito medo de que o corpo fosse o meu e, como tenho uma ligação emocional muito forte com este corpo, não me permiti continuar pensando nessas coisas tristes, e fixei o olhar no feixe de luz que surgiu no vão embaixo da porta.

Pois, como já disse, eu estava deitado embaixo da cama. Além do pedaço inferior da porta, podia ver o tapete colorido e uma velha mala cinza, atada com duas tiras de pano, e as pernas finas do senhor Rosenthal, com os pés calçando seus bons e velhos tênis de corrida.

Mas é melhor eu me explicar primeiro. Afinal, não se pode começar uma história embaixo da cama. Não é um começo muito digno e, além disso, lá também há poeira demais.

Eu tinha doze anos quando aconteceram essas coisas. Agora tenho vinte e oito, e até hoje me lembro das batidas do meu coração quando ouvi os passos do valentão da faculdade de medicina de Heidelberg. Eu já disse que estava sozinho, quer dizer, sozinho embaixo da cama. Em cima da cama estava sentado o senhor Rosenthal, Heinrich Rosenthal, setenta anos, baixinho, de vasta cabeleira branca; mas embaixo da cama, só eu, absolutamente sozinho. E me lembro que naqueles momentos de solidão e expectativa cheguei a pensar: talvez a minha mãe tenha razão. Talvez não seja bom eu não ter amigos e ficar sempre sozinho, ou ter um monte de amigos esquisitos como o senhor Rosenthal. Meus pais estavam um pouco preocupados com isso, de eu não ser escoteiro, nem participar do movimento juvenil e quase nunca frequentar as festinhas de fim de semana da minha classe. Eu, da minha parte, só me preocupava com a preocupação deles, pois conseguia me entender muito bem comigo mesmo. E o pessoal da minha classe também já tinha quase parado de me forçar a tomar parte das atividades, talvez porque tenha ficado de saco cheio, ou porque não desse a mínima se eu fosse ou não.

Como já disse, eu sabia lidar direitinho com essa situação; mas quando o meu pai entrava de noite no quarto, sentava ao meu lado na cama, me olhava sem dizer nada, era difícil de aguentar; até mais difícil do que as brigas barulhentas com minha mãe, que vivia gritando comigo e dizendo que eu às vezes me comportava como um velho, não como um garoto de doze anos. Mas a minha mãe não conhecia o senhor Rosenthal. Apesar de na carteira de identidade estar escrito que ele tinha nascido em 1896, ele era ágil e vigoroso como um rapaz de vinte anos, e dizia que a vida de verdade só começa aos setenta.

Conheci o senhor Rosenthal no começo do ano letivo. A nossa orientadora nos dividiu em grupos de "voluntários", e entre as atividades que sugeriu havia a opção de ajudar e fazer amizade com alguma pessoa idosa.

Quando a minha mãe ouviu que eu, entre toda a enorme quantidade de opções, tinha escolhido justamente "adotar" um idoso e lhe fazer companhia duas vezes por semana, apenas disse: "Era de se esperar!". E vocês, que ainda não conhecem a minha mãe, precisam saber que isso é na realidade uma abreviação para: "Era de se esperar! Em vez de procurar amigos da idade dele, em vez de jogar futebol e fazer esporte, em vez de largar um pouco os livros e aquele coelho irritante, em vez de tudo isso ele vai e acha um amigo de setenta anos; e eu tenho certeza de que é só para me deixar nervosa". Esse é o significado inteiro, sem abreviações nem resumos, da frase "Era de se esperar!" da minha mãe; e fiquem sabendo que é muito mais econômico dizer "Era de se esperar!" em vez de fazer o discurso inteiro. Mas não adiantou nada, e eu me inscrevi num grupo com mais três garotos para visitar o asilo dos velhos, também chamado de "Lar de Idosos", que ficava no bairro de Beit Hakerem em Jerusalém.

Eu quero dizer uma coisa.

Sei que existem meninos que não gostam de gente velha; que dizem que os velhos às vezes têm cheiro ruim e cara cheia de rugas ou que irritam a gente porque são muito lerdos para fazer as coisas. Só vou dizer uma coisa sobre isso: existem muitos velhos largados e desleixados, mas é só porque foram largados pelas outras pessoas. Eles não têm ninguém que os ame ou cuide deles. E isso é muito simples, é como uma regra básica de gramática: se você larga uma pessoa, ela fica largada. E pronto. Não fui eu que inventei essas coisas. Ouvi isso várias vezes dos velhos no asilo, sentado conversando com eles enquanto esperava o senhor Rosenthal. Muitos deles tinham famílias e amigos e colegas de trabalho, mas no instante em que entraram no asilo, parece que todo mundo esqueceu deles. Havia uns velhos que não recebiam mais visita nem dos filhos. Eu tenho muito a dizer sobre esse assunto, mas não agora.

Pois agora já é possível ouvir claramente os passos pesados ao lado da porta do senhor Rosenthal, e esses passos se misturam com a pulsação nas minhas veias. Do meu ponto de observação privilegiado eu podia ver as canelas finas do senhor Rosenthal tremendo dentro das calças, e sabia que ele também estava com medo, apesar de já ter me dito e frisado umas sete vezes só naquele dia que na verdade era uma raiva terrível e incontrolável que o fazia tremer assim. Mas ele também me contou, mais ou menos umas dezessete vezes, que o valentão da faculdade de medicina calçava sapatos tamanho quarenta e sete; e que foi campeão de tiro ao alvo da Universidade de Heidelberg; e que levantava com uma mão só todos os doze volumes da Enciclopédia Alemã de Medicina; e que uma vez quebrou os dentes de cinco estudantes alemães que fizeram comentários ofensivos sobre os judeus.

Naquele dia o senhor Rosenthal me contou mais algumas histórias arrepiantes desse tipo, e no final de cada uma ele ficava ofegante, o rosto muito vermelho debaixo da cabeleira branca. Então batia com o punho fechado na palma da outra mão e dizia com um sotaque pesado de judeu alemão: "Mas ele que se atreva a vir aqui, eu lhe dou uma lição para ele ver como é bom xingar e fazer ameaças! Ele me chama de ladrão, aquele bárbaro desgraçado, aquele selvagem! Ele que venha! Eu arranco toda a coragem dele pela boca!". E era um tanto estranho ouvir isso, porque o senhor Rosenthal era baixinho e magro como um menino; e apesar de estar em muito boa forma, de nadar todo dia na piscina da universidade, de zombar de mim dizendo que o único esporte que eu fazia era piscar os olhos toda vez que virava a página de um livro, apesar de tudo isso eu tinha um pressentimento muito sombrio, de que no caso de uma briga entre o "meu" velho e o valentão-levantador-de-enciclopédias-estilo-livre, o senhor Rosenthal não teria a menor chance. Quando delicadamente insinuei isso, ele deu uma risadinha nervosa e me disse em tom de gozação que, se eu estava com medo, podia ir embora ou esperar no corredor até a terrível briga acabar, para então ajudá-lo a arrastar para fora o valentão amarrotado ou o que sobrasse dele. Ele falou comigo num tom de zombaria tão amargo que entendi o quanto ele estava com medo; então declarei, de forma irreversível, que ficaria junto dele, não importando o que acontecesse.

Ele se aproximou e apertou a minha mão sem dizer uma só palavra. Vi como os lábios dele estavam comprimidos, e isso era sinal de que estava comovido. Aí houve um desses momentos de silêncio, quando o aperto de mão faz brotar coragem, amizade e determinação. Mas, quando soltamos as mãos, o medo me atacou de novo, e vi que os ombros do senhor Rosenthal também estavam um pouco caídos. Ele começou a dizer que eu não devia, de maneira nenhuma, me meter com um homem daqueles, e que não dava para saber como as coisas iriam terminar, sobretudo quando se tratava de uma verdadeira fera como Rudy Schwartz, e que realmente seria melhor eu ir para casa. Eu disse a ele que não havia o que discutir, que eu ficaria e pronto. Pois a julgar pela descrição do Schwartz, e pelas conclusões que podiam ser tiradas da carta estranha e ameaçadora que ele enviara, seria uma traição sem tamanho se eu deixasse o senhor Rosenthal sozinho. Não que eu fosse especialmente forte, muito pelo contrário; mas assim pelo menos seríamos dois contra um, e poderíamos também duplicar a possibilidade de um dos dois ficar vivo para contar a história do embate para as gerações futuras ou, na verdade, para as gerações passadas, quer dizer, para a minha mãe e o meu pai.

E assim chegamos juntos à mesma proposta sagaz: eu me esconderia debaixo da cama até que ficassem claras as intenções do valentão de Heidelberg, e então sairia do meu esconderijo para acabar com o desgraçado, ou ao menos dar-lhe um pontapé na canela.

Eu digo "até que ficassem claras suas intenções", mas as intenções do valentão eram muito claras, e estavam listadas de forma extremamente detalhada na carta que o senhor Rosenthal havia recebido naquela manhã.

Nesse momento a carta estava sobre a mesa, e nela estava escrito: *Ladrão miserável e sem-vergonha! Se até às sete da noite você não me devolver a boca dela, vou tomá-la à força, custe o que custar*. E abaixo, um pouco ao lado, estava escrito em tinta vermelha o que despertou em mim ideias estranhas: *Honra ou Morte*, e a assinatura: Rudy Schwartz.

2.
Ainda debaixo da cama

Uma porção de pensamentos estranhos passa na cabeça de uma pessoa quando ela tenta mudar seu ponto de vista sobre o mundo. Peguemos eu, por exemplo. Estendido de barriga no chão debaixo da cama do senhor Rosenthal, no lar dos velhos no bairro de Beit Hakerem, refleti comigo mesmo que daquela altura, a altura do nível do chão, o mundo parecia bastante assustador. O cesto de papéis parecia grande como um barril; a pequena mala cinza elevava-se à minha frente como um imenso armário; e apenas as pernas dele, do senhor Rosenthal, balançando para frente e para trás, pareciam finas e mirradas como sempre.

Então pensei comigo mesmo que os bebês e as crianças pequenas têm tanto medo das coisas porque tudo lhes parece terrivelmente grande e ameaçador. Depois me ocorreu que para os velhos o mundo também deve parecer perigoso, rápido demais, sofisticado demais. Até mesmo o senhor Rosenthal, um velho moderno e sem dúvida muito esperto, diz que tem medo de andar de elevador, pois na época dele a engenhoca ainda não tinha sido inventada. Mas acho que ele está só de brincadeira, porque não tem nenhum problema para usar qualquer outro aparelho moderno.

Eu com certeza poderia ficar refletindo sobre isso por bastante tempo.

A minha mãe diz que existem pessoas que mergulham nos pensamentos, mas que eu chego realmente a me afogar neles. Às vezes ela tem razão; mas naquele momento eu tinha ótimos motivos para me preocupar com o mundo, e não só por causa das minhas ideias filosóficas, mas por razões muito mais concretas: faltava um minuto para as sete horas, e já não se ouviam os passos do outro lado da porta; e eu e o senhor Rosenthal, cada um de um lado da cama, tínhamos certeza de que Rudy Schwartz, o temível valentão da faculdade de medicina de Heidelberg, estava parado atrás da porta, nervoso e irritado. E quando um cara que calça quarenta e sete e que é campeão de tiro ao alvo da universidade está parado atrás da porta, nervoso e irritado, você já tem no mínimo dois bons motivos para se preocupar.

Mas ainda faltava um minuto inteiro para as sete. Eu sabia disso porque tinha acertado o meu relógio com o rádio, e o rádio estava acertado com o relógio do senhor Rosenthal, pelo menos era isso que o diretor do lar dos velhos dizia. E dizia isso porque tanto o senhor Rosenthal quanto seu relógio eram extremamente pontuais, e o diretor do lar dos velhos, Nehemia Tussia, só tocava a campainha elétrica para chamar os idosos para o refeitório depois de ver o senhor Rosenthal descendo as escadas. E como faltava um minuto inteiro para as sete, e como Rudy Schwartz, o gigante atrás da porta, também tinha vindo da Alemanha, terra do senhor Rosenthal, eu sabia que ele continuaria parado no corredor, do lado de fora, até serem exatamente sete horas; foi isso que ele escreveu na carta que agora estava em cima da mesinha. E apesar de, na carta, ter chamado o senhor Rosenthal de "ladrão miserável e sem--vergonha", e apesar de ter escrito no final da carta, com tinta vermelha, "Honra ou Morte", apesar de tudo isso era preciso haver alguma ordem, e ele não entraria no quarto antes do horário que ele mesmo tinha fixado.

Quando a gente está com muito medo, cada minuto parece uma eternidade (ou parece pelo menos cinco minutos); e por causa disso quero fazer agora uma pequena pausa na minha descrição dos fatos para finalmente lhes explicar detalhadamente quem é o senhor Rosenthal, quem é o valentão de Heidelberg e o que ele quer do senhor Rosenthal.

Já contei que conheci o senhor Rosenthal quando me ofereci como voluntário junto com alguns alunos da minha classe para a missão de "adotar um idoso".

O grande problema dos velhos num lugar como esse é o tédio, a solidão, e por isso é tão importante ter alguém que se preocupe com eles. Quatro alunos começaram essa missão no início do ano, mas depois de três meses só eu continuava nela. Os outros garotos disseram que não tinham tempo e que os velhos que haviam adotado não tinham muita paciência; mas eu sei que, na verdade, para eles era difícil ficar sentado durante uma hora inteira escutando as histórias dos velhos, que nem sempre eram muito interessantes. Aliás, na nossa idade as coisas dão a impressão de acontecer numa rapidez incrível, se não prestamos atenção por um segundo já perdemos um monte de coisas; por isso é duro "virar a chave" e mudar o ritmo, passar para um ritmo mais lento, de pessoa velha.

É claro que eu não culpo o pessoal que "não aguentou", os garotos que pararam de visitar os velhos. Penso que, se estivesse no lugar deles, também seria difícil para mim. Inclusive a minha mãe não se cansou de me dizer que, na opinião dela, eu já tinha cumprido a minha tarefa bem demais, e que tinha chegado a hora de escolher alguns amigos com uma idade que não fosse um múltiplo de trinta e cinco.

Não que ela tivesse alguma coisa contra tabuadas, ao contrário; e não que fosse contra o filho se apresentar como voluntário; mas minha mãe alegava que, com tantas atividades em benefício da comunidade, eu acabava me esquecendo de mim mesmo; e ela não conseguia entender por que eu precisava dar tanta importância aos velhos e às pessoas adultas, e quase não ter amigos da minha idade. Sempre, nesse ponto, meu pai entrava na conversa para me contar que quando chegou a Israel, aos doze anos de idade, não sabia falar hebraico, e por causa disso durante muito tempo não teve amigos, e acabou sofrendo muito. Meu pai insiste em falar sobre essa época da vida dele, e eu acho que aos quarenta anos ele ainda sente a mesma humilhação que sentiu quando era menino.

Eu vivia repetindo e explicando que não era infeliz, que gostava da minha vida como ela era. É claro que eles sabiam muito bem que há épocas em que eu sou mais sociável. E também se lembravam da minha forte amizade com o Elisha, antes de ele ir morar em Haifa e me deixar aqui sentindo uma raiva injustificada. Mas não conseguiam entender de jeito nenhum que há fases na minha vida em que eu sinto necessidade de ficar sozinho; que nessas épocas necessito de muito tempo para mim, que de repente há coisas demais que eu preciso entender em relação a mim mesmo e ao mundo como um todo.

Mas a verdade é que não foi nem um pouco difícil para mim continuar me encontrando com o senhor Rosenthal uma ou duas vezes por semana, simplesmente porque eu desejava esses encontros; e desejava porque ele era um velho que não me fazia sentir de maneira nenhuma que eu estava lá para ajudá-lo; às vezes eu até achava o contrário: que era ele quem tornava a minha vida mais interessante.

Não contei essas coisas aos meus pais. Aliás, de modo geral, acho difícil falar de coisas tão complicadas como essa, ou explicar exatamente as coisas que eu penso; sou capaz de escrever, como agora, ou quando escrevi as cartas para o Elisha. Mas ir e dizer isso em voz alta para alguém, isso estraga tudo. São coisas que podem ser estragadas pelo ar, eu acho, e portanto pode ser que nesta história apareçam algumas delas que eu talvez não explique em detalhes, simplesmente porque não tenho paciência; mas espero que vocês me entendam mesmo assim.

Mas é melhor eu me apressar.

Pois nesse momento ouvimos três pancadas fortes na porta, como se alguém estivesse batendo com a mão aberta, espalmada, com todos os cinco dedos. Ouvi, vinda de um dos quartos distantes do asilo, a chamada de abertura do noticiário das sete, e comprovei que o valentão da Universidade de Heidelberg era bem pontual.

De repente, as pernas do senhor Rosenthal começaram a se mexer. A cama em cima de mim estalou. Eu vi os tênis dele, aqueles tênis gastos, se afastarem em direção à mesa, as pontas viradas para a porta. Presumi que ele estava parado ali, ao lado da carta ameaçadora que tinha recebido de manhã, e presumi também que estava suspendendo os ombros ao máximo, para parecer mais alto e perigoso. Ouvi sua voz tensa forçando-se a dizer "Entre, senhor Schwartz".

A porta se abriu imediatamente, e apareceu um par de pés, os maiores que eu já tinha visto. Estavam calçando um par de sapatos que pareciam dois pequenos barcos. E os dois barquinhos começaram a navegar na minha direção, quer dizer, para dentro do quarto. Senti o meu coração quase explodindo, e uma sensação esquisita na barriga. Houve um profundo silêncio no quarto, até a porta se fechar com um estrondo. E de repente ouvi uma voz estranha, uma voz dura e rachada, dizendo: "Senhor Rosenthal, vim buscar a boca da Edith". E o meu senhor Rosenthal respondeu com uma voz muito tensa: "Sinto muito, senhor Schwartz, eu estou só com os olhos dela, e o senhor sabe disso muito bem".

Se o senhor Rosenthal não tivesse me contado uma hora antes do que se tratava, eu acharia que os dois tinham ficado malucos.

3.

Os olhos da Edith

De onde eu estava (local geralmente reservado para chinelos e pequenos tufos de poeira) não pude ver o rosto de Rudy Schwartz. Vi os sapatos enormes e vi também as barras da calça cinza. Só isso.

Reconheço que é difícil narrar uma história de suspense com detalhes tão parcos, mas isso é tudo que posso oferecer. Também concordo com vocês que chegou a hora de o autor, quer dizer, eu, sair de debaixo da cama, lugar onde está se escondendo há dois capítulos inteiros, e começar a agir e a mostrar a que veio. Mas é óbvio que esse não era o melhor momento para sair do esconderijo e me revelar. O fato é que quando essas coisas aconteceram não pensei que um dia iria contá-las a alguém, muito menos divididas em capítulos. Mas é bom deixar bem claro: apesar de estar deitado embaixo da cama, pude acompanhar com muita precisão tudo o que aconteceu no quarto. Primeiro, porque via os pés do valentão Schwartz e do meu amigo Rosenthal, de modo que podia saber direitinho a posição exata de cada um (para o caso de a polícia me pedir uma reconstituição da cena); segundo, eu estava deitado bem na frente da velha mala cinza do senhor Rosenthal, onde, conforme eu sabia, estava uma das chaves de todo o mistério.

Quero explicar mais uma coisa.

Quando conheci o senhor Rosenthal, pedi que ele me contasse fatos da sua vida. Eu sabia que os velhos adoram conversar sobre suas lembranças. Na verdade, isso é muito natural, pois no momento em que uma pessoa para de fazer coisas, sobram apenas as lembranças daquilo que fez um dia. Mas quando tentei lhe perguntar sobre o passado, ele ficou bravo, botou a mão no meu ombro e disse: "Ouça bem, amigo Dávid (ele costumava acentuar a primeira sílaba do meu nome), aquilo que eu fiz está feito. Talvez algum dia, quando eu for velho, tenha tempo para lhe contar sobre isso. Mas por enquanto o mais importante é o que eu faço hoje, certo?".

Ele disse isso apertando o meu ombro com tanta força que fui obrigado a admitir que ele tinha toda a razão. E aí comecei a ficar preocupado: se ele não pretende falar de si mesmo, o que faremos nos nossos encontros? Mas logo ficou muito claro que não havia motivo para me preocupar: a vida na companhia de Heinrich Rosenthal era tão agitada que quase não sobrava tempo para falar sobre o passado. Sempre havia casas e ruas da cidade que ele queria fotografar com sua velha câmera Kapsa, de diversos ângulos em diferentes horas do dia; sempre havia cartas malcriadas a escrever para os jornais sobre algum assunto irritante; e as tumultuadas reuniões da Patrulha de Idosos para a Preservação dos Marcos Urbanos, que ele tinha organizado, obrigando todos os seus amigos do café Almog a participar. Aliás, o senhor Rosenthal não permitiu que eu participasse das atividades da patrulha, pois, na opinião dele, só quem tinha mais de setenta anos é que sabia como se relacionar de forma genuína com os eventos do passado — quer dizer, de forma realista, sem sentimentalismos artificiais em horas inadequadas.

Mas ele, mesmo evitando todo tipo de nostalgia, também carregava seu passado para todo lugar aonde ia: a velha mala cinza, amarrada com duas tiras de pano, vagava com ele pelo mundo. Era lá que estavam as suas posses mais queridas.

"Quando a gente transfere uma planta para um vaso novo", costumava dizer, "precisamos levar junto um pouco de terra do vaso antigo; aqui, nesta mala, eu levo a minha terra."

Só vi a mala aberta uma única vez. Foi quando ele recebeu no seu quarto a visita da velha freira do convento das Pequenas Irmãs de Jesus — ela sabia falar hebraico fluentemente. O senhor Rosenthal abriu a mala e tirou de dentro um mapa antigo, repleto de desenhos estranhos. Isso faz parte de um outro episódio que eu vivi com ele, e talvez algum dia eu lhes conte. Mas naquela vez, quando ele abriu a mala, eu vi uma porção de maços de folhas de papel escritas à mão com uma letrinha miúda, todos amarrados com barbante. Vi também um livro grosso, com uma capa branca toda chamuscada, e uma grande fotografia de um rapaz vestindo um uniforme esquisito. O senhor Rosenthal se curvou para fechar a mala, mas ainda pude ver uma latinha de cobre coberta de enfeites, uma medalha dourada e uma grande pistola de ferro. Quando a mala se fechou, eu estava muito impressionado, além de curioso, e um pouco decepcionado por ter perdido a minha chance. Mas então imaginei que agora teria outra oportunidade de ver o conteúdo da mala; eu sabia que os olhos — os olhos dos quais o Rudy Schwartz estava falando — também estavam lá dentro.

Mas, voltando à visita do gigante, o senhor Rosenthal não abriu a mala imediatamente. Na verdade, só abriu quando o tumultuado encontro tinha terminado, mas eu ainda não sabia disso. Fiquei escutando com extrema atenção o diálogo que acontecia no quarto, entre as duas vozes invisíveis aos meus olhos.

Os sapatos-barco, pretos e brilhantes, disseram: "Rosenthal, ontem você recebeu a minha carta, e sabe muito bem o que eu exijo de você".

Os tênis velhos e gastos disseram: "A maneira como se dirigiu a mim foi muito grosseira, senhor Schwartz, mas isso eu posso desconsiderar. Na sua carta eu fui chamado de 'ladrão' quando nós dois sabemos que, se entre nós dois existe um ladrão, o ladrão é você. Foi você quem roubou de mim o coração da Edith — mas neste momento também não quero falar disso".

Os sapatos pretos voltaram a falar: "Muito bem. Não há sentido em falar de coisas que aconteceram há mais de vinte anos. Vamos falar do presente — a boca. Onde está a boca?".

Responderam os tênis: "Mas, Rudy, você sabe que eu nunca faria uma coisa dessas".

Os enormes pés do valentão pisotearam o fino tapete. Nuvenzinhas de poeira voaram na minha direção, fiquei com medo de espirrar.

"Ouça-me, Heinrich Rosenthal", disse Rudy Schwartz. "Ontem de manhã eu descobri que a boca tinha sumido. Aquela boca, viva, risonha, o retrato doloroso da boca dela estava em cima do aparador na minha sala de visitas. Ficou lá durante vinte anos, e ontem sumiu."

"Não fui eu", murmurou meu amigo Rosenthal, "não fui... espere aí! Você não convidou ninguém anteontem, não teve nenhuma visita inesperada?"

"Muita gente me visita todo dia", disse Schwartz, e eu senti um certo orgulho na sua voz, "muita gente mesmo. Uma dessas pessoas levou o retrato. Alguém enviado por você, Rosenthal."

Não ouvi a resposta do senhor Rosenthal, e imaginei que ele devia estar fazendo que não com a cabeça.

"Pois quem mais poderia ser — se não você?!"

Ele disse isso com um berro tão cortante que me encolhi todo embaixo da cama. Schwartz bateu o pé e deu um passo para a frente. "Quem — se não você?", repetiu; e acrescentou: "Só você sabia que o retrato da boca dela estava comigo. Você sabia disso, pois a Edith lhe contou quando veio se despedir de você. Aí ela lhe deu o outro retrato, o desenho dos olhos feito a carvão. Foram os dois últimos desenhos que ela fez na vida, Heinrich. Esses retratos não estão mencionados nos livros que foram escritos sobre ela e também não aparecem nos catálogos dos museus. Só nós dois sabíamos da existência deles."

"Mas, Rudy", ouvi de repente a voz do senhor Rosenthal, uma voz débil e cansada, "por que eu haveria de querer fazer uma coisa dessas?"

Um silêncio de um segundo. Depois Rudy Schwartz disse com uma veemência que mal conseguia esconder sua raiva:

"Por quê? Posso mencionar duas boas razões, meu caro Rosenthal. Uma é o valor financeiro do retrato. Imagine só, um desenho até agora inédito de Edith Strauss! Ele vale milhões, Rosenthal, e você sabe disso tão bem quanto eu. E a segunda razão? Ciúme. Ciúme de mim. O ciúme louco que você sempre teve da Edith comigo. Está lembrado?"

Ele disse essas palavras num sussurro, com extrema

crueldade. Eu senti um ódio enorme dele, e todos os meus músculos ficaram tensos, prontos para atacar.

O senhor Rosenthal voltou a falar: "Você está cometendo um terrível engano, Schwartz", ele disse baixinho. "Os olhos estão comigo, e eu os guardo com o máximo cuidado. O valor que eu dou a esse retrato não diz respeito ao mercado de arte, e sim ao amor que sempre tive por Edith. Sei que você também a amava, que o retrato também era muito importante para você, e não porque hoje ele vale milhões; justamente porque sei disso, jamais pensaria em tirá-lo de você."

O senhor Rosenthal falou baixinho, de um jeito fervoroso mas controlado, e foi tão convincente que tive vontade de sair de debaixo da cama e ficar na frente do Rudy Schwartz e dizer: você não vê que ele está falando a verdade? Não consegue entender? Mas é claro que não me mexi nem um centímetro.

"Então você se recusa a devolver o retrato", disse Schwartz, e eu senti um arrepio começando a percorrer as minhas costas. "Muito bem. Se é assim, senhor Rosenthal, escute com atenção. Se você fosse uma pessoa diferente, e se eu também fosse diferente, nestas circunstâncias nós iríamos resolver o assunto na polícia. Mas entre homens como nós não há lugar para a polícia. Nós dois fomos estudantes na Universidade de Heidelberg, que fica às margens do rio Neckar, e ali tínhamos outros meios de resolver disputas de honra, não é verdade, Heinrich?"

"Do que você está falando?", Rosenthal perguntou estarrecido.

"Não se faça de ingênuo. Você sabe exatamente do que estou falando", respondeu o homem, "e eu sugiro que deixemos os estranhos fora disso. Aqui, nesta terra, nestes tempos, ninguém entenderia."

"Meu Deus do céu!", o senhor Rosenthal disse de repente, e eu forcei todos os músculos do meu cérebro para entender do que estavam falando lá em cima.

"Eu sugiro, portanto, às quatro da tarde. Amanhã", Schwartz disse calmamente.

"Você está maluco!", o senhor Rosenthal respondeu com veemência. "Você perdeu o juízo! Aqui não é Heidelberg, Schwartz!"

"Será que estou ouvindo um tom de medo na voz de Heinrich Rosenthal?", Schwartz perguntou com óbvio prazer.

O quarto ficou em silêncio, mas eu ouvi o senhor Rosenthal ofegando pesadamente.

"Ótimo", disse a voz rude, "posso sugerir também o lugar?"

"Fique à vontade", respondeu Rosenthal, claramente incomodado.

"No pomar de maçãs que fica ao lado de Ramat Rachel. Apesar de ficar muito perto da fronteira, nenhum de nós dois tem medo, não é?"

"Estou vendo que você pensou em cada detalhe", o senhor Rosenthal disse com displicência.

"Podemos esquecer tudo se você me devolver o retrato imediatamente", respondeu Rudy Schwartz.

Silêncio outra vez. A seguir, os sapatos pretos fizeram meia-volta em direção à porta. Schwartz deu alguns passos rápidos. A porta se abriu e se fechou atrás dele. A cama em cima de mim rangeu quando o senhor Rosenthal desabou sobre ela, gemendo profundamente.

Eu ainda não ousava me mover, mesmo estando todo dobrado e dolorido. O senhor Rosenthal se levantou, pegou a mala e abriu. Remexeu lá dentro por um instante e depois tirou do fundo uma moldura de madeira embrulhada num papel. Um retrato. Ele se sentou pesadamente junto à mesa, de costas para o quarto.

Eu me arrastei para sair de debaixo da cama. Depois, fiquei de pé e sacudi os ossos. Rosenthal continuou estático. Agora eu podia ver a mala a seus pés, escancarada, mais uma vez expondo seus segredos.

Mas não fiquei muito tempo olhando para ela, pois os meus olhos foram atraídos por outra visão: por cima dos ombros do senhor Rosenthal eu pude ver o retrato, que ele segurava com toda força com as duas mãos.

Era um desenho a carvão. A parte de cima do rosto de uma mulher. A testa alta e larga com sobrancelhas grossas e bonitas. As linhas pretas traçadas por uma mão rápida, quase apressada. Mas a parte mais importante da figura eram os olhos. Fiquei parado olhando para eles, e tive uma sensação muito estranha. Talvez fosse tristeza, talvez medo do desconhecido. Pois aqueles olhos eram aflitos, desesperados, suplicavam ajuda. Pareciam olhar direto nos meus olhos, através de mim, como se o olhar me atravessasse, e atravessasse todo o presente, vendo tudo que estava escondido e todo o futuro pela frente.

4.

Código de honra

"Conheci a Edith em Jerusalém, vinte e sete anos atrás", disse Heinrich Rosenthal. Já eram quinze para as oito da noite, e eu tinha prometido que estaria em casa às sete; acontece que o senhor Rosenthal estava tão agitado que eu não podia deixá-lo sozinho. Por isso, fiquei com ele no quarto do asilo. Preparei para nós alguns sanduíches na minicozinha que ficava ao lado do quarto, mas nenhum dos dois estava com muito apetite. Ele mastigava mecanicamente, e às vezes ficava longos segundos olhando para o ar e movendo a cabeça em sinal de negação, como quem não acreditava no que estava acontecendo. "Mas o que é que ele está pensando, esse selvagem do Schwartz?", ele resmungava atordoado. "Ele acha que ainda estamos na Alemanha do começo do século?"

A velha mala cinza já estava fechada e atada com as

duas tiras de pano. E também o retrato, o retrato dos olhos de Edith, já havia mergulhado e sumido dentro dela. Então pedi ao senhor Rosenthal que me falasse da Edith. No começo ele não tinha disposição de falar, mas a angústia acabou soltando a língua dele, que quase não parou mais. Edith veio da Alemanha para Israel, como ele. Três anos antes da Segunda Guerra. Era uma jovem linda, esbelta, de cabelos dourados, e seus olhos — "bom, você mesmo viu". Estudava na Academia de Artes de Berlim e queria ser escultora. Mas quando chegou a Jerusalém, em meados dos anos 30, teve uma espécie de choque: a paisagem bíblica, selvagem, do Oriente, as cores penetrantes da luz, das montanhas, os arcos de pedras nos vales! Ela desistiu da escultura e começou a pintar. Descobriu que tinha um talento aguçadíssimo, maravilhoso, para captar as finas linhas das árvores e das pedras com seu pincel. Rosenthal falava baixinho. Seus olhos fitavam o vazio e não me viam. "Ela sabia capturar o movimento das coisas", ele disse, "mesmo das coisas inanimadas."

"Mas a Edith não teve sucesso só como pintora", Rosenthal de repente se levantou do lugar e começou a andar pelo quarto. "Ela também era muito popular entre os artistas de Jerusalém, socialmente falando. Era uma moça muito bonita e cheia de vida. Aliás, 'bonita' é pouco! Ela era linda! Olhos negros, profundos, uma boca que ria o tempo todo, com alegria de viver; um corpo vibrante, cheio de força. Naquela época, Jerusalém também era mais jovem: a cidade fervia com pintores e escultores vindos de Viena, de Berlim e de Paris; todas as noites havia festas e apresentações de artistas, e até os honoráveis professores da universidade não poupavam suas pernas para participar da farra — e nem economizavam na bebida!"

O senhor Rosenthal agora caminhava a passos rápidos pelo quarto. Enquanto falava, erguia a voz, quase chegava a gritar. E quando sorria, não era de alegria. "Você foi pintor?", perguntei.

"Não, eu não era pintor. Era fotógrafo. Eu queria ser pintor, mas logo descobri que não tinha talento para isso, e naquela época não conseguiria me sustentar com a pintura. A situação econômica aqui era muito, muito difícil. No começo trabalhei como caiador, pintor de paredes, depois fui limpador de vitrines. Isso não era nenhuma vergonha: junto comigo trabalharam homens que tinham sido doutores na Alemanha, e aqui precisavam sobreviver como desse." Seus olhos ficaram distantes e melancólicos. "E então, um dia, vi um anúncio no jornal *Haaretz* — precisa-se de fotógrafo com experiência. Heinrich, Heinrich, eu disse a mim mesmo, você estudou três anos na Universidade de Heidelberg, no curso de especialização em fotografia médica. Você aprendeu a fotografar células com auxílio do microscópio; você aprendeu a manejar equipamentos de fotografia sofisticados; que tal tentar fotografar acontecimentos e pessoas vivas? Juntei todo dinheiro que consegui e comprei a máquina Kapsa, essa que você conhece e que está comigo até hoje, e me apresentei como candidato à vaga no jornal."

"E foi aceito", completei depressa. Já eram oito horas da noite, e estavam me esperando em casa, preocupados, e o meu pai nervoso, com toda certeza.

"Não", ele sorriu, "não me aceitaram porque eu não tinha experiência como fotógrafo jornalístico. Imagine só! Com uma câmera na mão e sem um centavo! Por causa disso tive de agir rapidamente. Fui até a escola de artes Bezalel e informei aos pintores que estava apto a fotografar as pinturas. No começo eles não entenderam o sentido disso, não viam necessidade; mas eu lhes expliquei como era importante que tivessem fotos dos quadros para o caso de conseguirem vendê-los. E disse também que era um jeito de registrar as diferentes etapas do processo de criação. Eu disse muita coisa. A fome estimula a capacidade de persuasão. Eles não ficaram especialmente entusiasmados, mas quando um deles concordou que eu fotografasse os seus quadros, os outros ficaram com inveja e também vieram me procurar. Então virei fotógrafo de arte. E foi assim que conheci a Edith."

De repente ele se calou e deixou cair a cabeça. Foi muito desconcertante. Foi como se toda a energia dele tivesse acabado.

"E ele ainda se atreve a me chamar de ladrão miserável!", gritou de repente, sacudindo a carta que tinha recebido de Rudy Schwartz. "Ele, que roubou a Edith de mim! Ele tem a coragem de me chamar de ladrão?!" Sua cara ficou muito vermelha, com os olhos azuis saltados. Eu lhe disse para não ficar nervoso, que não havia sentido em ter raiva de uma coisa que tinha acontecido tantos anos atrás. Também fui até a pia e lhe trouxe um copo de água, mas ele recusou.

Sentei na frente dele. Pensei comigo mesmo: Olha só esses dois, o senhor Rosenthal e o senhor Schwartz, dois velhos. E eu só posso pensar neles como velhos, mesmo que o senhor Rosenthal seja realmente jovem de espírito. Mas esta tarde entendi com uma certeza absoluta, e com uma clareza estranha, aquilo que eu sempre disse mas nunca senti de verdade: que o senhor Rosenthal tinha sido jovem um dia, e o senhor Schwartz também; e a mesma coisa o meu avô, e também a Vera, da loja de objetos usados, e o marido dela, o Avraham. O senhor Rosenthal já foi um homem jovem, que amou e teve amigos e namoradas; e quando dançava nas festas com a sua Edith, tinha a sensação de que o mundo havia sido criado só para ele.

O senhor Rosenthal continuou falando, mas eu já não prestava tanta atenção. Pois de repente senti uma necessidade urgente de prestar atenção em mim mesmo, em minha voz interna que me dizia que até eu, que só tenho doze anos, às vezes também sou capaz de sentir que vou explodir de tanta energia e felicidade; que o mundo só pertence a mim; que o ritmo do mundo e de todas as coisas que me cercam — os carros, os filmes, a música, até mesmo as piadas que as pessoas contam, e as propagandas —, todas essas coisas fazem parte do meu ritmo, o ritmo da minha adolescência. E nessas horas não consigo entender de jeito nenhum que eles, os Rosenthal e os Schwartz da vida, e todas as pessoas adultas, já existiam antes de mim, já levavam uma vida cheia de emoção e prazer, até que de repente o ritmo da vida ficou rápido demais para eles, e eles tiveram que desistir; e que talvez também chegue o dia em que os meus filhos e netos não consigam acreditar que eu também já fui jovem e adorava viver. Mas aqui, no meio de toda essa euforia, me lembrei de repente do que a minha mãe fala de mim: que eu às vezes me comporto como um velho; e uma vez ouvi quando ela disse para o meu pai que eu não sei curtir a vida do jeito que um jovem da minha idade deve curtir. Todos esses pensamentos me deixaram muito confuso, irritado e inquieto. Por isso, me levantei de supetão.

O senhor Rosenthal levou um susto tão grande que parou no meio da frase. Por um momento ficamos olhando um para o outro. Eu disse a ele: "Senhor Rosenthal, eu curto ler livros exatamente da mesma maneira que as outras pessoas gostam de futebol ou de bailes. E ela não entende. O senhor não está disposto a viver só de lembranças. O senhor curte cada minuto do seu caminho, e é justamente isso que eu quero. Meu próprio caminho. Quando eu crescer vou escrever livros. Eu tenho meus planos, e não acho que..."

Eu não sei por que disse tudo isso, por que falei esse monte de besteiras confusas. Eu senti que precisava dizer isso a alguém, e que se não falasse era capaz de ficar louco. O senhor Rosenthal olhou para mim e sorriu. Colocou a mão no meu ombro. Senti que ele ainda estava muito preocupado, mas mesmo nessa hora foi capaz de sorrir para mim. "É tudo minha culpa", ele disse. "Eu não devia ter metido você nessa história, nos meus problemas com aquele imbecil do Schwartz. Vá agora para casa, amigo Dávid. Já é tarde. E com relação à sua mãe — era dela que você estava falando, certo? —, vamos conversar sobre isso da próxima vez, amanhã ou depois de amanhã. Isso se tivermos a oportunidade de conversar."

Eu estava zangado comigo mesmo, e ainda muito confuso, de modo que não prestei atenção nas últimas palavras do senhor Rosenthal. Só depois que saí do lar dos velhos para a noite fria de Jerusalém, só depois de vestir a malha de lã do lado certo (na terceira tentativa), só depois que inventei na minha cabeça uma "história aceitável" para justificar o meu atraso aos meus pais, só então é que aquelas palavras voltaram ao meu cérebro. "Vamos conversar sobre isso da próxima vez, amanhã ou depois de amanhã. Isso se tivermos a oportunidade de conversar." Que coisa estranha de se dizer, pensei comigo mesmo, não combina com ele. Parei de caminhar um instante. Alguma coisa que eu não tinha entendido até aquele momento me fez ficar com medo. Então dei meia-volta e corri de novo para o lar dos velhos. Já tinham trancado o portão, e o guarda estava sentado na entrada. Ele me conhecia. Todo mundo na casa me conhecia, pois eu passava muito tempo ali. "Isso é hora de chegar?", ele perguntou ao abrir o portão para mim. Dei uma resposta qualquer e subi correndo para o segundo andar.

Entrei no quarto do senhor Rosenthal sem bater e fiquei parado na porta estarrecido: ele estava sentado na cama limpando com uma escovinha um objeto que segurava na outra mão. Ao seu lado, sobre a cama, estavam arrumadas numa determinada ordem algumas grandes peças de metal. Ele olhou para mim sem entender. Mas antes que pudesse abrir a boca, eu perguntei: "O que é isso? Que coisas são essas?".

"Isso? Isso é a minha pistola. Minha velha pistola do serviço militar, da época da Primeira Guerra Mundial." Ele deu um sorrisinho e continuou a limpá-la com a escova.

"E a pistola vai ser usada para quê?", eu perguntei muito assustado.

Ele olhou de novo e sorriu. "Você não entendeu nada, não é? Não entendeu a que o Schwartz estava se referindo?" Fiz que não com a cabeça.

Ele deu outro sorriso. Um sorriso triste e amargurado. Ergueu o objeto de metal que tinha na mão, e o observou sob a luz da lâmpada.

"O Schwartz acha que ainda está vivendo na década de 20 na Alemanha. E já que ele me xingou e me chamou de ladrão e, depois, de covarde, também não tenho alternativa a não ser me comportar conforme o código de honra que havia naquela época, apesar de eu achar tudo isso uma tremenda bobagem!" E grunhiu de raiva.

"Do que o senhor está falando, senhor Rosenthal?", perguntei baixinho, embora já começasse a adivinhar a resposta.

Ele cravou um olhar estranho em mim.

"O Schwartz me desafiou para um duelo de honra, amanhã às quatro da tarde. E por mais que isso soe maluco e estúpido, eu sinto que não tenho alternativa, a não ser aceitar." Ele lançou um olhar preocupado e abriu os braços num gesto de desespero.

5.
Os tempos mudam

Não dormi muito bem naquela noite.

Primeiro tive uma briga séria com os meus pais porque cheguei em casa às nove da noite; quer dizer, eu dizia que não era tão tarde assim, que eram só nove horas, e eles insistiam dizendo que já eram nove da noite. E assim, por causa da diferença entre essas duas minúsculas palavrinhas, acabou saindo uma briga.

A minha mãe disse que dali em diante eu não tinha mais permissão de me encontrar com o senhor Rosenthal; e que a partir de amanhã ela tinha a intenção de dar início a um amplo programa educativo destinado a apertar os parafusos que pudessem ter afrouxado por excesso de contato com companhias inadequadas. O meu pai, por sua vez, restringiu-se a alguns poucos comentários, observando que: a) dava muito valor ao fato de eu ter uma vida interior rica e interessante; e

b) achava que eu consigo desfrutar de uma variedade de atividades empolgantes, mas que também acreditava que eu me fecho um pouco demais em relação ao mundo; e que, na sua opinião, apesar de ter consciência de que certamente é preciso coragem para preservar a independência e a privacidade num mundo invasivo como o nosso, eu também precisava revelar outro tipo de ousadia e começar a estabelecer relações com os jovens da minha idade.

Isso me enfureceu, pois eles falavam como se eu tivesse medo de me relacionar com gente da minha idade, como se não tivesse nenhum amigo e nunca tivesse tido. Então, bem ali, naquele momento, fiz uma lista de nomes dos meus amigos, na esperança de que isso pusesse fim àquela velha discussão. Mas a minha mãe argumentou que um único nome não constituía uma lista, ainda mais o nome de um garoto que se mudou para Haifa meio ano antes, e que o nosso relacionamento se limitava à troca de cartas; e, se lhe era permitido acrescentar, cartas muito esquisitas. Não que ela tivesse lido as cartas, Deus me livre!; mas ela pode muito bem ver a minha reação quando estou lendo.

Eu disse que as cartas do Elisha não eram esquisitas, só engraçadas demais. Pois o Elisha tem ideias que ninguém mais tem e consegue colocá-las muito bem no papel, tanto que quando a gente lê é impossível não cair na gargalhada. Eu também disse a eles que, quando o Elisha crescer e tiver coragem de mostrar as suas ideias e histórias para os outros, vai ser muito importante e famoso, e eles vão poder se orgulhar de ter um filho amigo dele.

Meu pai, que estava preparando café na cozinha, gritou que esperava primeiro poder se orgulhar do próprio filho.

Essas conversas sempre me deixavam de cabeça quente. Eu me levantei de repente e, sem dizer nada, fui para o meu quarto fervendo de raiva. Tirei o coelho Pernalonga da gaiola, afaguei as costas dele como ele gostava e cochichei algumas coisas terríveis nas orelhas compridas do pobre coitado, que não posso repetir aqui, pois sabia que ele guardaria segredo.

Agora quero fazer uma pequena pausa para uma maldadezinha: hoje o Elisha está com vinte e oito anos, como eu, e é um jovem escritor. A minha mãe, que se interessa por literatura, disse mais de uma vez que ele tem futuro, que um dia nós ainda iríamos sentir orgulho de conhecê-lo. Eu não menciono as conversas daquela época, mas não deixo de falar para mim mesmo: "Eu não disse?".

Isso é o que se refere ao Elisha e à briga.

Fiquei sentado na minha cama, no escuro, alisando o Pernalonga, e fui me acalmando. Seu pelo branco era macio e soltava uns chiados de eletricidade quando a minha mão passava. Tentei me lembrar das coisas que o senhor Rosenthal tinha me dito uma hora antes: o Schwartz tinha certeza de que ele havia roubado o retrato da boca da Edith e, portanto, o desafiou para um duelo de pistola. Rosenthal sabia que não tinha roubado o quadro, mas como Schwartz o chamou de "ladrão miserável e covarde" não podia ignorar a ofensa. Tudo isso era absolutamente incompreensível: o senhor Rosenthal me disse que estava envergonhado de si mesmo por ter aceitado o desafio maluco do Schwartz, de se encontrarem no dia seguinte às quatro da tarde no pomar de maçãs perto do kibutz Ramat Rachel.

"Esses conceitos idiotas, bombásticos, de 'honra ou

morte' eram muito bonitos no começo do século", Rosenthal tinha dito, "cinquenta, sessenta anos atrás. O mundo todo era um mundo mais honrado. Um pouco sentimental demais para o meu gosto, mas com certeza havia lugar para palavras como 'honra' e 'orgulho', o que não acontece no mundo de hoje. Se o Schwartz tivesse me dito essas coisas na nossa juventude, eu não teria pensado duas vezes. Na mesma noite teria enviado a ele um dos meus amigos como emissário para informá-lo de que tal insulto só poderia ser reparado com sangue."

"E aí", eu perguntei, "o que aconteceria, então?"

"Então", ele disse se esticando um pouco, "o meu emissário esperaria até o Schwartz concordar por escrito em me enfrentar num duelo. É lógico que ele podia dar uma desculpa qualquer, e o duelo seria cancelado. Mas nesse caso todo mundo saberia que ele era um covarde, e naquela época ninguém estava disposto a ser chamado de 'covarde' — não era como hoje, quando a covardia está praticamente na moda."

"Sempre pensei que os judeus não tinham o costume de duelar", eu disse.

"Ho, ho, você não sabe de nada", riu o senhor Rosenthal. "No início do século, na Alemanha, os estudantes antissemitas não aceitavam que os judeus participassem de duelos. Eles nos discriminavam. Mas nós fundamos associações de estudantes judeus, que provaram que não ficávamos atrás dos *goyim* em matéria de duelos. Eu mesmo participei de quatro. Para minha sorte nunca atingi ninguém nem fui atingido."

"Mas como é um duelo, o que acontece?", perguntei.

"Há procedimentos muito bem determinados. Afinal, é uma espécie de ritual: os contendores chegam ao local de encontro acompanhados de seus padrinhos, geralmente amigos próximos, bebem alguma coisa e às vezes também comem. Depois, apertam-se as mãos e alguém, designado como árbitro, examina as armas. Então, dá um sinal e os dois se afastam cinco passos, um em cada direção, de costas um para o outro. Então se viram e atiram."

"Assim, simplesmente atiram?", de repente a minha voz saiu fina como um ganido.

O senhor Rosenthal percebeu que fiquei atordoado. Deu um sorriso cansado: "Sim, isso mesmo, amigo Dávid. Atiram. Naquela época a vida humana valia menos do que a honra. Na maioria das vezes um dos contendores era ferido, mas também havia casos em que ambos morriam. E tudo por causa de um mínimo insulto, ou a simples suspeita de insulto. Imagine só!".

Pensei que o próprio Rosenthal estava prestes a fazer uma bobagem no dia seguinte, mas fiquei calado.

"Ah, a honra... a honra", de repente ele disse, suspirando. "Os homens dão tanto valor à honra que por causa dela estão dispostos a perder o respeito." Ele soltou uma risadinha. "Absurdo, dois homens adultos atirando um no outro por causa de uma palavra! Que desperdício! Que falta de respeito para com a espécie humana!"

Ele ficou quieto por um instante. Depois, sussurrou as palavras que antes eu tinha dito para mim mesmo: "E eu próprio pretendo amanhã jogar esse jogo idiota. Quem iria acreditar?".

Então tentei convencê-lo a desistir, a avisar ao Schwartz que não queria tomar parte naquela coisa infantil. Implorei a ele que mandasse um aviso de que tinha desistido. Até me ofereci para escrever ao Schwartz uma carta de explicações em seu nome e entregá-la pessoalmente. Ele não concordou. Disse rindo: "E você vai escrever o quê, amigo Dávid? Por exemplo: 'Prezado professor, senhor Schwartz, o meu filho Heinrich não poderá participar amanhã do duelo, porque está com muito medo'. É isso? Não, não, meu amigo. Não vai adiantar. Não desta vez. Você está entendendo? Não é só por causa do retrato. Entre mim e o senhor Schwartz há algumas outras questões pendentes. Além de uma ou duas mágoas. E por causa disso, especialmente por causa disso, é preciso que haja esse duelo entre nós". E então, depois de um instante de silêncio, ele disse mais uma coisa, que me deixou surpreso: "Pelo visto", ele disse, "parece que, apesar de tudo, você e eu pertencemos a gerações completamente diferentes. Eu, por exemplo, estou consciente de que o Schwartz é um louco desvairado; e mesmo assim, de forma estranha e sem qualquer lógica, sinto uma certa simpatia por ele. Eu consigo entendê-lo. Você tem dificuldade até para captar o que está acontecendo. Mas saiba, amigo Dávid, que o mundo está sempre mudando. E muda com muita rapidez. Algo que um dia foi bom, hoje é ruim; e o que um dia foi bonito, hoje é considerado horrível. A moda se transforma num ritmo acelerado demais, e é tão cansativo... Rudy Schwartz, por exemplo. Pelo jeito, ele já não aguenta mais. Então luta com as armas de que dispõe. Ele pisa no breque e passa a viver num outro ritmo, no ritmo dele. Retorna a um mundo que era bom para ele. Você não está entendendo muito bem o que eu digo, mas um dia vai entender. Eu detesto dizer isso aos jovens, mas essa é a verdade".

Rosenthal se levantou, pôs a mão no meu ombro e me acompanhou até a porta. Ele queria ficar sozinho. Antes de nos despedirmos, me disse que não conseguia sentir ódio do Schwartz. "É estranho", ele disse, "mas não consigo odiá-lo."

Essas foram as palavras que Rosenthal disse quando nos separamos, antes de eu sair numa corrida desenfreada para minha casa quentinha e para a ducha de água fria que os meus pais jogariam em mim. Mas depois, sentado na minha cama acariciando o coelho, achei que ele podia ter razão em alguma coisa; que tudo no mundo se transforma com uma rapidez muito grande, a ponto de só existirem umas poucas coisas nas quais podemos confiar com absoluta certeza; e existem ainda menos pessoas com as quais podemos sentir estabilidade e segurança. Mas o certo é que a vida é mais importante que qualquer outra coisa — até mesmo que a honra; aliás não entendo muito bem o que é isso. E também tenho a impressão de que existem mais algumas coisas que serão sólidas e seguras até daqui a um milhão de anos. Mas aquele não era o momento adequado para mergulhar em pensamentos; era preciso antes de tudo planejar como salvar o senhor Rosenthal da fera de Heidelberg — mesmo sabendo que eu teria de agir totalmente sozinho, pois Rosenthal já tinha se conformado com a ideia do duelo. Então tirei a roupa e fui dormir, tenso e com fome, pensando comigo mesmo o tempo todo que faltavam apenas algumas horas para Rosenthal e Schwartz se postarem frente a frente, se virarem e se afastarem dez passos um do outro; e apesar de não estarem nas densas florestas da Alemanha, e sim no pequeno pomar de maçãs ao lado do kibutz Ramat Rachel, teriam nas mãos duas pistolas de verdade, com balas de verdade. E por causa desse pensamento, quase não consegui pregar o olho a noite toda.

6.
Vera

Agora vou falar da Vera.

Quando a Vera era moça, o marido dela se alistou no exército britânico e foi enviado ao deserto da Líbia para lutar contra os alemães. Ele, que se chama Avraham, era médico e não conseguiu ficar aqui em Israel parado, de braços cruzados, sabendo que todo homem era necessário na guerra contra a fera nazista. Eu digo "a fera nazista" porque é assim que a Vera sempre chama os alemães. Quando eu era menor, achava que ela realmente estava se referindo a um bicho, algum monstro ou dinossauro gigantesco, e que o mundo inteiro tinha se mobilizado para lutar contra ele. Em todo caso, o marido da Vera se alistou no exército britânico e viajou para um local desconhecido. Depois de um mês, chegou uma carta dele. Ele escreveu que estava numa pequena aldeia perto do lugar onde se juntavam as fronteiras do Egito, do

Sudão e da Líbia. Também escreveu que passava frio à noite, que não havia comida suficiente e que sentia saudades. Eles só estavam casados havia um ano quando ele se alistou, e a Vera não aguentava mais a solidão e as saudades, e assim resolveu ir atrás dele, no deserto. Eu conheço essa história, porque a ouvi contando dezenas de vezes, e sou capaz de ouvir outras tantas. Ela era na época uma moça delicada, que tinha vindo de Viena com a mãe. Era delicada como uma porcelana, e apesar disso não quis nem pensar nas dificuldades que teria de enfrentar na sua travessia pelo deserto. Ela partiu de Jerusalém de trem, e depois de uma viagem longa e cansativa chegou ao Cairo. De lá, pegou um trem noturno caindo aos pedaços, a única mulher entre um sem-número de árabes. Na manhã seguinte o trem parou num determinado ponto ao lado do rio Nilo, e Vera Kluger desceu. Ela vestia duas malhas de lã, um casaco de pele e um cachecol, pois Avraham tinha escrito que sentia frio à noite. No instante em que pisou no deserto, afundou até os joelhos na areia pelando. O termômetro mostrava quarenta e um graus. Ainda hoje eu às vezes fico imaginando a cena: a moça pálida, de casaco de pele, pernas enterradas na areia dourada. Dali, Vera navegou pelo Nilo durante dois dias numa barcaça precária, passando por gigantescos templos egípcios, rechaçou um jovem salteador que tentou roubar sua corrente de ouro e lutou contra enxames de moscas verdes. A última parte da viagem percorreu em falucas, os barcos de pesca da região, e durante dois dias ainda viajou no lombo de um camelo irritadiço e reclamão, para finalmente chegar à aldeia na fronteira, onde o Avraham devia estar. E ele realmente estava lá, ardendo em febre por causa de uma estranha doença do deserto. Durante algumas horas ele teve certeza absoluta de que seu fim estava perto, pois seus delírios começaram a incluir uma visão absolutamente fantástica e impossível, até mesmo para um doente considerado prestes a morrer. Com toda certeza vocês estão entendendo: ele viu a Vera.

Quando a guerra acabou, depois que o Avraham foi liberado do exército, eles compraram uma casa em Ein Kerem, um bairro de Jerusalém. Ele abriu uma clínica particular, e ela — que não queria ser apenas "a esposa do médico" — abriu uma loja no bairro. Primeiro uma doceria, depois uma loja de artigos de decoração, uma de utensílios domésticos, e finalmente uma de objetos usados, mistura de brechó e loja de antiguidades.

E foi nessa loja que eu entrei correndo na manhã do dia seguinte, o dia do duelo entre Rosenthal e Schwartz.

Eram vinte para as oito e a Vera já estava lá, ainda no escuro, tomando chá num copo de vidro. A fumaça do cigarro flutuava por cima dela como uma nuvenzinha constante. Quando me viu, levou um susto: "O que aconteceu, *mein kind*? Você aqui a esta hora? Está tudo bem em casa?".

"Tudo bem, Vera", eu disse, "todo mundo com saúde, não se preocupe." O interior da loja era muito escuro, mas eu conhecia cada objeto de cor: os samovares enferrujados, as pesadas lâmpadas de mesa feitas de madeira; os quadros enormes com molduras douradas; pilhas de cartões-postais velhos; ternos e outros trajes elegantes que os moradores de Jerusalém vestiam trinta, quarenta anos atrás — nas profundezas da loja e no pequeno depósito havia um mundo inteiro. Vinha gente de todos os cantos para vender a ela as coisas velhas que achavam no sótão e no porão. O problema era que quase ninguém vinha comprar, mas Vera dizia que na verdade não tinha importância: ela adorava ficar na loja conversando com as pessoas, batendo papo com as visitas, com quem vinha comprar ou vender, ou simplesmente com quem passava. Eu não fazia parte nem dos vendedores nem dos compradores, e mesmo assim era capaz de passar longas horas naquela loja; e como você já deve estar imaginando, essa era outra das coisas que tiravam a minha mãe do sério.

Mas dessa vez eu não estava interessado nos objetos antigos, e sim nas memórias, não menos antigas, da Vera.

O tempo urgia, então fui direto ao assunto. Disse a ela que queria perguntar uma coisa, com a condição de que me prometesse não fazer pergunta nenhuma. É lógico que ela podia recusar o meu pedido, mas eu confiava na curiosidade dela. Não me desapontei. Seus olhos começaram a brilhar de vivacidade por trás dos óculos dourados. Sim, ela concordava. Ela adorava segredos.

"Você conheceu Edith Strauss, a pintora?"

Ela me encarou, espantada. Não esperava nunca uma pergunta dessas.

"É claro que conheci Edith. Até conversei com ela uma ou duas vezes; mas foi há muito tempo, nos anos

40, eu acho. Mas a troco do que você de repente... bom, nada. Eu prometi que não ia perguntar. O que você quer saber exatamente sobre ela?"

"Tudo", respondi, olhando o relógio. Quinze para as oito. Eu conseguiria chegar na escola em dois minutos, correndo. O meu palpite — de que a Vera soubesse alguma coisa sobre a Edith — funcionara. Agora eu precisava juntar a maior quantidade possível de detalhes para poder planejar algum curso de ação.

"Tudo", repeti. Vera fixou os olhos em mim, percebendo como o assunto era importante, e começou a falar.

"Edith Strauss veio da Alemanha para Israel. Era uma mulher muito bonita. Todos os rapazes de Jerusalém eram realmente loucos por ela. Acho que você pode encontrar um retrato dela nos livros de arte ou na enciclopédia, pois ela é considerada uma grande artista. Os quadros dela valem milhões. É uma pena que ela não tenha conseguido pintar muito antes de morrer." Vera fez uma pausa, me deu uma olhada enviesada, refletiu um pouco e resolveu continuar falando, sem pensar muito. "Ela, a Edith, tinha uma personalidade bastante instável, era temperamental, às vezes bebia demais. Tinha épocas de absoluta libertinagem, amores desvairados, e depois passava semanas em depressão. As pessoas diziam que eram os tormentos criativos de todo grande artista, mas eu acho que ela era simplesmente uma mulher doente e infeliz, que nunca soube amar de verdade, que no máximo era capaz de se apaixonar; não sei se você consegue entender a que me refiro. Espere aí!" Vera baixou um pouco os óculos e me examinou com o olhar por cima deles: "Aquele seu amigo, aquele, o velho que você trouxe aqui uma vez, simpático, Rosenberg? Rosenblum? Rosenthal! Isso mesmo! Ele também era amigo dela. Ufa! Aquilo sim é que foi amor! Toda Jerusalém falava deles. Ele era fotógrafo, eu acho, ou poeta? Já não me lembro. E eles se apaixonaram à primeira vista. Depois acabou de repente, da mesma forma que começou. Não sei quais foram os motivos. Aliás, a Edith não precisava de motivos, bastavam seus humores. Acho que ela acabou se casando com um oficial inglês que servia aqui no tempo do mandato britânico, e...".

"Um oficial inglês?", eu perguntei, "não foi o Schwartz?"

"Não, não foi nenhum Schwartz", Vera disse depois de refletir um pouco. "Ela teve muitos namorados, talvez um deles se chamasse Schwartz, não sei. Em todo caso, ela se casou foi com o inglês, e isso deu muito o que falar." Vera continuou contando, mas sem muita certeza. Ela não sabia direito como a história tinha terminado. Naquela época já tinha conhecido o Avraham e parado de circular na boêmia, e também não ficava sabendo das fofocas.

Eu perguntei quem era o oficial inglês. Ela não sabia.

"Foi um negócio muito esquisito", ela disse. "Naquela época ninguém gostava muito de moças que se relacionavam com os soldados britânicos. O pessoal da resistência clandestina chegava a castigar essas moças. Primeiro advertiram Edith, mas ela não deu ouvidos às advertências. E aí, um dia — uma noite, na verdade —, quando ela estava voltando para casa, armaram-lhe uma emboscada: eles a amarraram e rasparam todo o seu cabelo. Fizeram isso para humilhá-la publicamente."

Vera silenciou e olhou através de mim para o vazio. "Toda aquela sua cabeleira dourada se foi. Rasparam tudo. Que desgraça! Ela entrou em estado de choque e o Avraham cuidou dela. Ele gostava muito dela. Ela não conseguia entender por que a tinham maltratado daquele jeito. Eu já disse a você — ela vivia num mundo só dela, um mundo totalmente à parte. Disse que já não conseguiria mais viver aqui, que era um país que não deixava seus habitantes viverem sua própria vida, que não conseguiria mais ser criativa num lugar como este. E de fato, algumas semanas depois, ela foi embora de Israel e viajou para a Inglaterra. Lá eles se casaram, ela e o oficial inglês. Eu soube que tiveram uma filha, ou será que foi um menino? Mas pouco tempo depois ela faleceu. Isso foi há mais de vinte anos. Mas agora você tem que me dizer por que está tão interessado nela!"

"Vera", eu disse, "você prometeu que não ia perguntar; mas logo, logo eu vou lhe contar." E, com uma falta de educação típica da minha cidade, saí correndo para a escola.

Já eram quase oito horas, e me restavam apenas umas poucas horas para resolver essa estranha confusão que já se espalhava por três países diferentes — Alemanha, Israel e Inglaterra — e misturava velhos casos amorosos, um quadro roubado que poderia valer milhões e, o pior de tudo, duas pistolas da época da Primeira Guerra Mundial.

7.
Uma história de amor

Entrei na classe às oito em ponto. Às oito e cinco já estava fora. Não há sentido em contar isso em detalhes: para resumir, o senhor Nahamani, o professor de inglês, entrou na sala de aula e, como se tivesse um radar de avião, virou-se diretamente para mim. Eu já tivera alguns episódios não muito agradáveis com ele e, o que era mais irritante, ele sempre tinha razão. Quer dizer, ele sempre sabia quando me surpreender. E também sabia muito bem se esquivar de mim, quando eu vinha, só Deus sabe como, preparado para a aula. Mas — isso não era novidade para ninguém — era impossível se esquivar dele.

De qualquer forma, às oito horas e cinco minutos eu já estava no corredor, levando comigo uma vaga ameaça sobre o que me esperava caso eu não melhorasse os meus modos (ingleses), acompanhada de uma punição mais concreta — escrever para o dia seguinte uma redação de cinco páginas, em inglês, sobre a vida de George, o garoto de Londres.

Mas eu não tive nem tempo de pensar sobre o tal George anônimo, filho da grande metrópole, nem fiquei muito preocupado por ter sido expulso da classe; pois, como vocês se recordam, o tempo que eu tinha pela frente até a hora do duelo estava cada vez mais curto, e eu sabia que se não fizesse alguma coisa, se não tentasse algo em alguma direção, existia um sério risco de haver derramamento de sangue.

Assim, fui até a biblioteca da escola. Tentei achar a referência sobre Edith Strauss na Enciclopédia Hebraica, mas o volume só chegava até "seljuques", uma tribo turca antiga que era descrita com entusiasmo como "peritos arqueiros e cavaleiros". Não consegui ter a menor ideia sobre a vida de Edith, cujo sobrenome provavelmente estava nas paragens longínquas e saudosas do volume seguinte, totalmente desaparecido.

Então procurei num livro de arte moderna judaica — e logo achei: "Strauss, Edith. Berlim, 1918-Inglaterra, 1949". Continuei correndo os olhos pelas linhas.

"Estilo exclusivo... mescla de ambiente e cultura europeus com a realidade e a vivência na terra de Israel... traços dinâmicos e cheios de movimento... famosa série de pinturas chamada 'Jerusalém e o deserto'... personalidade tempestiva... forçada a se mudar da Palestina para a Inglaterra por pressão da opinião pública local, que não aceitou seu relacionamento com um oficial do Mandato Britânico... no final da vida desenvolveu rancor contra Israel e o judaísmo... faleceu na estância de Brighton... suas pinturas são altamente valorizadas pelos museus e colecionadores (v. retrato na página seguinte)."

Virei a página e vi Edith Strauss pela primeira vez. Era bonita mesmo. Uma beleza daqueles tempos. Alta e esguia, olhos negros e profundos. Esses olhos, que eu tinha visto no retrato que ontem estava nas mãos do senhor Rosenthal. Um chapéu grande, de abas largas, enfeitado com uma pena; e, debaixo do chapéu, a vasta cabeleira loura ondulada, os cabelos que foram raspados como punição. Fiquei olhando o retrato por um bom tempo. Examinei o vestido longo que ela usava e os sapatos meio engraçados. Tentei sentir a magia, o encanto que ela exercia sobre todo mundo, o poder que fazia com que dois homens idosos se enfrentassem num duelo, uns vinte anos depois da morte dela, só por causa do seu quadro. Não consegui entender — sou obrigado a confessar —, mas o longo tempo que passei olhando o retrato trouxe algo de bom. Mas isso eu vou contar mais tarde.

Fechei o livro e olhei pela janela. Lá fora o outono lutava para sobreviver, tentando refrear o inverno ameaçador por meio de demonstrações conciliadoras com folhas amarelas e nuvens emplumadas. Naquele ano ainda não havia chovido. Procurei concentrar minhas ideias. Desde o dia anterior, quando o senhor Rosenthal me mostrara a carta do Schwartz, a minha vida havia ficado estranha e inesperada: de repente comecei a viver em outro tempo, em outros países; num piscar de olhos fui arrancado do meu dia a dia e arrastado para outra realidade, com suas próprias regras e suas próprias sensações.

Mas então, ainda mergulhado nos meus pensamentos, vi de repente a figura estranha do senhor Rosenthal parada do lado de fora, na frente do colégio, e saí correndo.

Ele não tinha passado lá por acaso. Veio até o colégio para se despedir de mim. Quando entendi isso, senti como se alguém tivesse me dado um soco na barriga.

Andamos um pouco, um do lado do outro. Ele vestia um casaco pesado e um boné de aba que tampava seus olhos. O vento tinha aumentado muito nos últimos minutos e soprava diretamente na minha cara. O céu ficou cinza.

"Estou dizendo adeus a esta cidade", o senhor Rosenthal disse em voz baixa, sem nenhuma entonação, "adeus às pessoas, às casas, aos quartos onde morei durante os meus trinta anos aqui, a cada canto que fotografei." Eu já contei a vocês que ele sempre adorou fotografar casas antigas.

"Talvez não seja um 'adeus'", sugeri com voz murcha, "quem sabe seja apenas um 'até breve'?"

"Não, não", ele disse, "num duelo quase sempre alguém sai ferido. E mesmo se por acaso eu ferir o Schwartz, nunca mais a minha vida vai ser a mesma. Você sabe muito bem por quê."

Eu sabia. Rosenthal era incapaz de fazer mal a um ser vivo. Aliás, era por isso que só andava de tênis — para não usar sapatos feitos de couro de animal. E acho que não há necessidade de dizer que era vegetariano rígido, e que não colocava carne na boca havia mais de quarenta anos.

Eu disse: "Talvez vocês dois errem o alvo".

Ele disse: "Bem que eu queria. Mas o Schwartz foi campeão universitário de tiro ao alvo com pistola".

"Já se passaram cinquenta anos desde então", lembrei.

"Sim", ele disse, "mas a raiva é capaz de aguçar os sentidos dele. Venha, amigo Dávid, vamos andar mais um pouco."

Descemos devagar pela trilha de terra que levava ao vale de Tzion. Andamos no meio dos espinhos altos e pontudos que restavam do verão. Havia uma sensação de expectativa no ar. O vento forte falava nos nossos ouvidos da chuva que ia chegando em grossas nuvens. Os ciprestes sussurravam e rajadas de folhas amarelas se levantavam na nossa frente.

"Fiquei com a Edith durante um ano e meio", Rosenthal disse de repente. Ele subiu numa rocha grande e se sentou, pernas balançando no ar como um menininho num banco de ônibus. Subi na rocha e sentei ao lado dele. "Foi muito bom e muito ruim ao mesmo tempo, tanto para mim como para ela", Rosenthal continuou. "Nos amávamos e ao mesmo tempo brigávamos sem parar. Éramos parecidos demais e diferentes demais. Era uma relação impossível. Ela era uma pessoa que precisava ficar sozinha, e mesmo quando estava cercada de gente era solitária. Você tem alguma ideia do que estou falando?"

Sim, eu tinha.

"Era muito bom para ela estar comigo, mas ela dizia que o meu amor a sufocava; mais que isso, que o amor que sentia por mim se voltava contra ela própria, que a modificava, prendia. E ela não suportava isso."

Ele se calou, esfregou entre os dedos uma folha de salva e cheirou. Aspirou com imenso prazer, eu percebi isso.

"E então veio o Rudy Schwartz", ele disse, "o Rudy que eu conheci ainda em Heidelberg, na Alemanha. Alto e de boa aparência, forte como um touro, excelente dançarino e um perfeito idiota." Rosenthal disse essas últimas palavras bem baixinho, com amargura. "Edith se apaixonou por ele desvairadamente, uma verdadeira loucura", ele disse, tentando controlar a voz. Do leste, da direção das montanhas, onde seria construído o bairro de Guivat Mordechai, chegavam nuvens cinzentas, carregadas. "Edith me disse que com o Schwartz ela podia fugir de si mesma, fugir dos pensamentos que a atormentavam e do medo que se revolvia dentro dela.

Eu morria de ciúmes. Eles dançavam nos bailes da escola de arte Bezalel e se divertiam nos cafés da moda; eu olhava para eles furtivamente e chorava por dentro. Eu via que o estado da Edith ia se deteriorando. Os olhos brilhavam de um jeito estranho, insano. E os quadros que ela produziu nessa época, quadros que hoje em dia estão pendurados nos museus mais importantes do mundo, eram distorcidos, doentios." Ele suspirou. Olhei com preocupação para o céu, que ia escurecendo e ficando mais carregado. "A situação dela foi piorando", Rosenthal disse, "ela largou o Schwartz e se apaixonou por outro, e depois por mais outro. Vivia numa constante corrida, sempre fugindo. Finalmente encontrou aquele oficial e foi embora de Israel cheia de ódio." Suspirou de novo e ajeitou o boné na cabeça. "As pessoas daqui foram muito cruéis com ela", ele disse, "mas não vale a pena falar disso agora."

"Antes de viajar para a Inglaterra, ela veio me visitar", Rosenthal continuou. "Estava sem vida, como uma vela apagada. Muito doente. Ela me deu o último quadro que tinha feito, o retrato dos olhos. Me contou que o outro desenho, o retrato da boca, tinha dado para o Schwartz.

Ela me disse: 'O olhar, os olhos, são seus, porque você soube ver dentro de mim, ver a verdadeira Edith, que está no meu interior; a boca', ela me disse, 'a risada e os beijos eu dei a ele; agora a Edith está toda nas mãos de vocês dois'."

Rosenthal tomou fôlego. Depois, continuou falando numa voz distante e silenciosa.

"Quando ela se levantou para ir embora, encostou a ponta do dedo entre os meus olhos. O dedo estava tão quente, senti como se estivesse me queimando. Isso foi há mais de vinte anos. Ela me disse: 'Esses quadros, os olhos e a boca, são os últimos que fiz, Heinrich. Nunca mais vou pegar num pincel. Não consigo mais pintar, Heinrich'. E eu fiquei ali na frente dela de olhos fechados, sentindo minha testa queimar, como se o dedo dela tivesse me marcado com um sinal. Quando abri os olhos, Edith já não estava mais lá."

Rosenthal balançou lentamente a cabeça. Seus olhos estavam turvos. O peso dessas memórias, tudo era muito triste. De repente começou a chover.

8.
Adeus, Rosenthal

Já era meio-dia. Duas horas antes me despedi do senhor Rosenthal. Eu nunca tinha me despedido de ninguém dessa maneira. Quando o Elisha foi morar em Haifa, eu sabia que um dia ele voltaria a Jerusalém, sabia que manteríamos contato por carta. Mas dessa vez me despedi de um homem que estava prestes a morrer. Era inconcebível, eu não podia nem pensar nisso. Quando começou a chover, continuamos sentados na rocha no vale de Tzion, na frente do bairro de Ein Kerem. Rosenthal farejou o ar úmido e disse: "Ah, a primeira chuva"; e eu pensei comigo mesmo — vocês sabem muito bem o que eu pensei.

Deixei de tentar convencê-lo a desistir de tudo, de abandonar aquele estúpido duelo. Deixei de ficar lembrando a ele que estávamos em 1966, em Jerusalém, pois ele sabia muito bem disso. Afinal, ainda ontem o próprio senhor Rosenthal tinha ficado com raiva do Schwartz por ele ter esquecido em que mundo estávamos vivendo. Ele mesmo tinha dito: "Aquele selvagem do Schwartz acha que ainda estamos na Alemanha do começo do século!". Mas, apesar de tudo isso, eu sabia que agora não era mais possível mudar o combinado. Schwartz tinha desafiado o senhor Rosenthal para um duelo, e ele não podia escapar. "Todos os meus amigos vão rir de mim se souberem que fugi da briga", ele ficava repetindo. Ele se referia aos velhos amigos daquela época, com quem passava horas no café Almog, e com quem fundou a Patrulha de Idosos para a Preservação dos Marcos Urbanos. "Eles vão me ridicularizar", dizia.

Só então notei que ele estava mais bem-vestido do que de costume. Por baixo do casaco grosso usava um paletó xadrez, calças pretas e uma camisa branca. A única coisa que não combinava eram os tênis, que ele insistia em continuar calçando. Eu lhe disse que estava muito elegante, e ele deu um sorrisinho triste. Contou que tinha colocado seus velhos trajes de festa para essa ocasião solene. "Se é para fazer uma loucura", disse, "e voltar cinquenta ou sessenta anos no tempo, pelo menos que seja feita como deve ser, de forma bonita, estética." Curvou-se para mim e disse com um sorriso engraçado: "Vou até comprar uma rosa e colocar na lapela", e deu uma risada esquisita.

Então comecei a pensar que era bem possível que ele tivesse se acostumado com aquela ideia: o duelo, as pistolas e a volta aos tempos da sua juventude, e que estava até mesmo começando a gostar. Mas eu não disse nada. "O duelo é uma bela maneira de se morrer", falou de repente com voz forte, uma voz que não era dele. "Até o poeta Púchkin morreu num duelo."

Pensei comigo mesmo que não existe nenhuma maneira bonita de morrer, mas continuei calado. Agora eu já sabia que ele estava muito longe de mim, em outro lugar, em outro tempo, e fiquei ainda mais triste.

Mas então ele disse uma coisa estranha: "Em todo caso, decidi que vou estar de consciência limpa".

"Do que você está falando?", perguntei.

Ele abriu a pasta que havia trazido na mão e tirou a pistola — a pistola cinza, de ferro, que sempre guardava dentro da mala. Em seguida, segurou a pistola com as duas mãos e apontou para os galhos do pinheiro que estava na nossa frente junto a uma rocha no vale. Havia dois corvos num dos galhos, protegendo-se da chuva. Rosenthal apontou a pistola para eles. Fechou um dos olhos, e seu dedo apertou o gatilho.

Fechei os olhos com força, morrendo de medo. Agora eu tinha certeza de que havia algo errado com o senhor Rosenthal. Tremi todo quando ouvi o disparo. Ele reverberou nos morros em volta e ouvi um eco terrível, assustador. Abri os olhos. Os dois corvos ainda estavam pousados no galho. Rosenthal olhou para mim e riu. Estava com a pistola na mão, mas não havia fumaça saindo dela. O barulho do tiro tinha sido simplesmente um trovão ecoando pelo céu.

"Eu não pretendo", disse o senhor Rosenthal, "deixar a minha pistola carregada. Tirei as balas."

Olhei para ele sem entender. "Mas a pistola do Schwartz vai estar carregada!", eu exclamei.

"Certo", ele respondeu, "mas a minha não. Assim vou ficar tranquilo com a minha consciência e, ao mesmo tempo, preservar a minha honra. Vou comparecer ao duelo — e não vou ferir ninguém. Nunca derramei sangue na minha vida, e nessa idade já é muito tarde para mudar os hábitos."

Fixei os olhos nele e não disse nada. Pensei que eu, no lugar dele, não desistiria com tanta facilidade. Mas logo em seguida pensei — pois é, para quê? O que Rosenthal ganharia se o Schwartz também saísse ferido? Vingança? Que coisa ridícula! Rosenthal disse: "Amigo Dávid, aprecio muito que neste momento você não tenha me dito nada, que não tenha tentado me convencer a ir para o duelo com a pistola carregada. Agradeço-lhe muito por isso". Fez uma pausa e respirou fundo. Em seguida olhou para mim: "Agora, quero que você ouça com muita atenção. Há alguns assuntos que preciso deixar em ordem, e eu quero que você me ajude, pois confio muito em você".

Meus olhos quase já não enxergavam mais nada por causa da chuva e das lágrimas, mas continuei olhando direto para a frente. Ele me deu as chaves do seu quarto no lar dos velhos e pediu que eu as devolvesse ao gerente, o senhor Nehemia Tussia, caso lhe acontecesse o pior. As questões financeiras com a administração do asilo já haviam sido acertadas, e eu não precisava me preocupar com isso. As coisas mais complicadas seriam cuidadas pelos seus amigos do café Almog. Isso também já estava resolvido. Mas ele tinha um pedido especial, que somente eu podia atender: a mala, a velha mala cinza que estava no quarto. Será que eu daria um jeito de jogá-la fora? Não havia nada de valor, só valor sentimental. Ele me deixava pegar tudo que quisesse, contanto que eu jogasse fora o resto.

De repente tive uma ideia. Foi surpreendente ter pensado nisso exatamente naquele momento. Perguntei a ele se podia dar o conteúdo da mala para a Vera, que tinha uma loja exatamente de coisas assim. Rosenthal se lembrava dela. Uma vez eu o levei até a loja, para conhecer a Vera e ver as coisas maravilhosas que ela tinha. Ele imediatamente respondeu que não suportava objetos antigos e coisas desse tipo, que eles não servem para nada a não ser trazer lembranças gastas. Mas ele tinha gostado da Vera, os dois haviam tomado chá e conversado uma hora inteira. Obviamente ela lhe contou da viagem que tinha feito na barcaça do Nilo, e ele riu como um garotinho. Depois começaram a falar sobre a situação mundial e sobre planos para o futuro; e eu pensei que, se a Vera não tivesse marido, talvez fosse possível ajeitar alguma coisa, como geralmente acontece nos filmes...

Quando mencionei a Vera nessa hora, ele ficou contente e disse que era exatamente isso que devia ser feito com a mala; e que, se a Vera conseguisse vender os objetos e ganhar algum dinheiro com eles, ele sentiria que até mesmo as suas lembranças tinham contribuído de alguma maneira com o presente, e que isso lhe fazia muito bem.

Aí ele se levantou, parou na minha frente, apertou a minha mão e me disse para não segui-lo. Virou-se e foi embora. Foi exatamente isso que ele fez. Fiquei sentado na rocha, ensopado de chuva e odiando o mundo. Aos poucos a figura dele foi se afastando pela trilha que subia. Os tênis estavam imundos de barro. Ele foi subindo pela trilha de terra e desaparecendo aos poucos. Só um longo tempo depois eu me levantei do lugar e comecei a caminhar pelas ruas, sem rumo, debaixo da chuva que não parava mais.

Já era uma hora da tarde quando cheguei ao lar dos idosos. Os velhos estavam sentados, como sempre, no saguão de entrada. Alguns simplesmente olhavam para o espaço vazio, enquanto outros conversavam entre si ou resmungavam sozinhos. Tudo estava muito quieto. Subi até o segundo andar e entrei no quarto do senhor Rosenthal. Era tão estranho estar ali sem ele... O quarto parecia totalmente diferente, apesar de tudo continuar no seu respectivo lugar. Olhei em volta e senti uma pontada de dor: passei boas horas nesse quarto. Conheci muita gente — todos os amigos e as pessoas que Rosenthal "colecionava", nas suas próprias palavras, como quem coleciona selos. Agora tudo tinha terminado.

Lá embaixo, ao lado da mesa, estava a mala. Velha, cinza, pequena, amarrada com duas tiras de pano. Ele a tinha trazido da Alemanha, e todas as suas memórias estavam dentro dela.

Eu me curvei e abri a mala. Os maços de folhas de papel, os objetos, os livros estavam de novo na minha frente. Nesse momento me ocorreu um pensamento e, logo depois, mais outro: no começo achei que o retrato, o famoso retrato dos olhos, ainda estivesse na mala. O segundo pensamento foi muito mais grave e assustador: se alguém tivesse de fato roubado o quadro que estava em poder do Schwartz, era quase certo que tentaria roubar também aquele que estava nas mãos do senhor Rosenthal!

Esse pensamento era tão assustador que congelei ali, em frente à mala. Mas não fiquei assim por muito tempo, pois de repente ouvi, totalmente apavorado, o barulho de passos rápidos se arrastando pelo corredor e parando na porta do quarto. Em seguida escutei — além do meu coração batendo forte — alguém mexendo na fechadura. No começo meio vacilante, a pessoa depois resolveu virar a maçaneta — e a porta do quarto se abriu.

9.
Reflexões de um detetive principiante

Agora quero falar de coisas bonitas, de momentos agradáveis. Por exemplo, as cartas que o Elisha me manda de Haifa; ou sobre a peça que escrevemos juntos no ano passado com todas as palavras escritas de trás para diante, e o enredo também se passando na ordem inversa; ou então, por exemplo, sobre... tanto faz, estou disposto a falar de qualquer coisa no mundo, contanto que neste momento não seja obrigado a falar de mim mesmo, do pavor imenso que senti quando escutei de repente os passos no corredor, e alguém virou a maçaneta e abriu a porta do quarto do senhor Rosenthal. Naquele momento eu literalmente voei — não há outra explicação para o que aconteceu comigo —, voei a toda velocidade sobre a cadeira que estava à minha direita, pulei por cima do cesto de papéis e continuei flutuando, ágil e silencioso como um morcego, até que me vi

— sem pensar racionalmente — no melhor esconderijo possível de se chegar num intervalo de tempo tão curto: o enorme guarda-roupa. Entrei nele e até consegui encostar um pouco a porta atrás de mim; e no instante seguinte pude ouvir a porta do quarto se fechando suavemente, o estranho do lado de dentro.

Há momentos na vida em que a gente pensa por intermédio de três cérebros juntos: um dos cérebros planeja operações ousadas, o segundo cancela os planos do primeiro e o terceiro fica simplesmente tremendo de medo e cantando para si mesmo canções derrotistas. Na escuridão do armário do senhor Rosenthal eu estava totalmente dominado pelo terceiro cérebro. Só conseguia ouvir o zumbido das canções de medo e derrota. Na verdade, ouvi também um outro som: o som do estranho caminhando pelo quarto com passadas rápidas, nervosas. Ouvi quando ele abriu a gaveta da mesa, e depois tudo ficou em silêncio. Papéis farfalhando. A gaveta se fechando. Mais passos. Pressionei as minhas costas contra o fundo do armário, tentando me esconder, sumir entre as roupas. No armário reinava um cheiro forte de naftalina e também de folhas de salva, que o senhor Rosenthal usava para que as roupas ficassem com cheiro bom e fresco. Fiquei parado entre os paletós e as camisas, entre as calças de flanela e as malhas de lã, tentando ao máximo me transformar numa camisa ou num casaco — alguma coisa com mangas e botões, mas jamais um ser vivo e pensante e morrendo de medo.

A porta do guarda-roupa não estava bem fechada. Eu não tive tempo de puxá-la direito quando fui empurrado por forças sobrenaturais para dentro dele. E agora uma estreita faixa de luz me impedia de distinguir o que estava acontecendo no quarto. Mas também é preciso dizer logo a verdade: eu não estava dando a menor importância ao que acontecia no quarto; só queria que qualquer coisa que estivesse acontecendo ali terminasse logo, para eu poder sair do meu esconderijo sufocante.

Pois bem, há uma coisa em que vale a pena pensar: grande parte do tempo que eu passava em casa, no meu quarto, encolhido na cama com o Pernalonga nas mãos, grande parte dessas horas era dedicada a imaginar intensamente os atos de bravura que eu realizaria no futuro, quando estivesse metido em situações como esta. Eu me pintava com cores vivas e ousadas saltando de um esconderijo para agarrar com extrema facilidade o assaltante e/ou assassino e/ou pirata, surpreendendo-os com uma dupla chave de braço por trás, acompanhada de um murro com soco-inglês, para depois ajudá-los a se erguerem com as pernas trêmulas, prender seus pulsos com um par de algemas reluzentes e finalmente dizer, com voz calma e amigável: "Pronto, Johnny, o jogo acabou". Mesmo assim, apesar de todo o treino imaginário, quando chegou a hora de agir perdi totalmente a coragem. Fiquei com tamanho medo que nem mesmo tentei espiar pela fresta da porta e ver quem era o homem que estava ali no quarto — uma omissão que certamente faria com que me expulsassem de qualquer escola de detetives do mundo, ou pelo menos constaria do meu boletim uma observação do tipo "o referido aluno será aprovado este ano, mas não poderá permanecer na nossa escola".

Porém o homem no quarto não perdia seu tempo com medos e inseguranças. Ao contrário, era muito confiante:

eu ouvia seus passos rápidos indo de um lado a outro, escutei como ofegava ao se agachar, talvez para olhar embaixo da cama, e fiquei surpreso com a sua energia abrindo e fechando gavetas com rapidez. Eu não tinha dúvida de que em alguns minutos ele iria procurar dentro do guarda-roupa, e essa perspectiva não me deixou exatamente emocionado. Ao contrário. Mas eu tinha um fio de esperança: raciocinei que, quanto mais tempo se passasse, mais nervoso e ansioso para deixar o local do crime o ladrão ficaria, mesmo sem ter cumprido sua missão. Ergui a mão cuidadosamente e aproximei o relógio dos meus olhos. Ele reluzia no escuro com um brilho esverdeado: faltavam dez minutos para as duas. Se o ladrão saísse logo do quarto, eu ainda conseguiria pegar o ônibus para o kibutz Ramat Rachel e contar a Rosenthal e Schwartz o que tinha visto, ou que pelo menos sabia da existência de um ladrão; o fato é que havia um terceiro homem além dos dois que sabia dos quadros que Edith Strauss tinha feito e dado a eles antes de partir de Israel; isso significava que eles não precisavam realizar o duelo, e sim unir forças para acharem juntos o criminoso.

Mas no instante em que pensei nisso, tive outra ideia

— uma ideia tão brilhante e assombrosa que, na minha fantasia, já vi na minha frente o diretor da escola de detetives chegar para o meu pai e implorar que ele me deixasse voltar para sua escola; e não como um simples aluno, mas como professor de uma nova turma.

A ideia que eu tive foi esta: além de mim, só Schwartz e Rosenthal sabiam da existência dos dois retratos que Edith tinha desenhado, o dos olhos e o da boca. E então: o Schwartz sabe que o Rosenthal está nesse momento a caminho do pomar de maçãs em Ramat Rachel. Assim, quem poderia impedi-lo de vir em segredo e sem ser incomodado ao quarto de Rosenthal à procura do quadro que, na opinião dele, devia estar ali?

Então eu me superei e adicionei mais uma ideia brilhante à minha cadeia de façanhas mentais dentro do guarda-roupa: quem sabe toda a queixa do Schwartz não passasse de uma mentira? Talvez tudo aquilo fosse apenas um astucioso subterfúgio com o objetivo de tirar Rosenthal do seu quarto numa hora determinada, para que o Schwartz pudesse entrar sem ser perturbado e roubar o quadro que pertencia ao senhor Rosenthal!

Espero que vocês estejam acompanhando o meu

raciocínio. Quem já leu alguma história de suspense na vida vai me entender facilmente. Eu, por exemplo, entendi muito bem; e quanto mais profunda ia ficando a minha compreensão, mais eu sentia a raiva aumentando e os punhos se fechando. Que ideia diabólica, pensei comigo mesmo, que mente terrivelmente genial a do Schwartz! Envia para Rosenthal uma carta ameaçadora acusando-o de invadir sua casa e roubar o retrato da boca, quando na verdade o quadro nem tinha sido roubado; e toda a encenação, todo o jogo idiota do duelo tinha por objetivo apenas criar condições para que o Schwartz pudesse roubar o retrato dos olhos do quarto de Rosenthal!

Nesse mesmo instante o medo desapareceu. Eu me lembrei da aflição intensa do senhor Rosenthal nessa manhã; pensei no fato de Rosenthal já ter se despedido em pensamento de tudo que lhe era caro; e sabia que o Schwartz tinha feito algo extremamente cruel. O suor empapou as minhas mãos, e eu sentia que a raiva explodia de dentro de mim na forma de dois raios vermelhos saindo da minha testa. Mais um pouco, e eu seria capaz de me precipitar pela porta do guarda-roupa, sem me importar com o fato de que Rudy Schwartz usava sapatos tamanho quarenta e sete, e de que um dia tinha sido o valentão da Universidade de Heidelberg, e até mesmo de que havia o risco de ele ter no bolso uma pistola da época da Primeira Guerra Mundial; eu sabia que precisava fazer alguma coisa, ainda que só para revidar o medo que Rosenthal estava sentindo. Sem pensar duas vezes — e vocês já sabem que esse não é absolutamente o meu hábito — abri caminho entre as camisas penduradas e os casacos e as calças, abri a porta do guarda--roupa com força... e pulei para fora.

O estranho, que nesse momento estava curvado sobre a mala, saltou do lugar como um gato assustado. Pode-se dizer que ele realmente decolou do chão, pousando de pé em cima da cama, e aí nós dois berramos. Berramos de medo — e quem teve mais medo fui eu, pois a cara daquela pessoa estranha me era muito conhecida; afinal, eu tinha passado a manhã toda na biblioteca da escola olhando longamente para a foto dela, de modo que sabia que não podia estar enganado; a pessoa estranha que se encontrava na minha frente no quarto de Heinrich Rosenthal no lar dos velhos não era absolutamente Rudy Schwartz, mas uma moça jovem e muito bonita; e era, sem sombra de dúvida, e sem qualquer lógica, Edith Strauss — a pintora, o antigo amor de Rosenthal e de Schwartz, falecida, como vimos, há dezessete anos numa pequena estância medicinal na Inglaterra.

10.
Ann

Eu gritei. Não me lembro se gritei "Manhêêêê!" ou "Aaaaaah!" ou algum outro grito habitual de pavor, mas não havia a menor dúvida de que se tratava de um grito de pavor. Era um medo da pior espécie, já que ali estava eu frente a frente com um fantasma: o fantasma da pintora Edith Strauss.

"*Oh, my God*", o fantasma disse em inglês fluente.

Nenhum de nós dois tinha se movido até o momento. Em cima da cama, ela era mais alta que eu, e usava uns óculos enormes, que tapavam metade do seu rosto; e, mesmo assim, eu não tinha o menor receio de ter me enganado e vocês sabem por quê: naquela manhã, depois que o senhor Nahamani me expulsou da aula e me mandou escrever uma redação em inglês, preferi ficar na biblioteca lendo sobre a pintora Edith Strauss. No livro sobre arte judaica moderna encontrei a foto dela, e também descobri que a senhora Strauss tinha morrido no ano de 1949. Tanto o senhor Rosenthal como a Vera confirmaram esse fato, de modo que eu não tinha base para qualquer tipo de dúvida. Além disso, ainda que houvesse ocorrido um milagre e Edith Strauss tivesse ressuscitado, estaria atualmente com mais ou menos uns cinquenta anos; e a mulher na minha frente parecia ter no máximo vinte, vestia um macacão jeans e óculos enormes, na última moda, e tudo isso não me parecia o uniforme característico de alunas de um colégio-fantasma.

Mas, com exceção dessa questão trivial, a mulher tinha a exata aparência de Edith. Não havia possibilidade de erro. E o pior de tudo era isso: pois eu me virava muito bem com erros e enganos, mas não tinha muita experiência com fantasmas.

"Você está tão pálido", disse a fantasma em hebraico com forte sotaque inglês, olhando para mim preocupada. Ela tirou um lenço do bolso, molhou-o na pia ao lado e sem qualquer aviso começou a esfregá-lo na minha testa. "Venha, sente-se aqui. Já, já você vai se sentir melhor." Foi isso que ela disse. A mão dela tinha um cheiro gostoso de perfume, e seu olhar era suave, cheio de curiosidade. Ela me deu a impressão de ser um fantasma do tipo simpático.

"Meu nome é Ann", ela disse, "Ann Strauss."

"E eu sou um burro", respondi. Ela me olhou com ar de surpresa. Suspirei fundo.

"Meu nome é David. E você é Ann. Deve ser a filha da Edith Strauss, certo?"

"O quê? Você ouviu falar da minha mãe?"

Eu disse: "Ouvi falar muito da sua mãe nas últimas vinte e quatro horas".

Se eu tivesse prestado mais atenção ao que a Vera tinha me contado de manhã, poderia ter evitado aquele susto e imediatamente concluir que a Ann não era o fantasma da Edith, era simplesmente a filha dela, mesmo que a Vera não soubesse exatamente se Edith tinha tido um menino ou uma menina. Mas então me dei conta de que na verdade era Ann que me devia algumas explicações. Então falei numa linguagem clara que havia muita coisa que ela não sabia, e que eu me referia a uma questão de vida ou morte; e que se não me contasse imediatamente tudo que sabia sobre o quadro roubado do Rudy Schwartz, e se não me explicasse imediatamente o que estava fazendo no quarto do senhor Rosenthal, corria o risco de piorar ainda mais os danos que já tinha causado. Falei depressa, e acho que ela não entendeu muito bem a que eu estava me referindo; mas o tom de urgência que havia na minha voz certamente a convenceu a me contar tudo que sabia.

Ela tinha quatro anos quando a mãe morreu. Quase não se lembrava dela, pois, nos seus últimos anos de vida, Edith tinha sido internada em diversas instituições. Ann foi criada pelo pai, que depois se casou outra vez; a nova mulher foi uma mãe boa e amorosa para Ann, que não sabia nada da vida de Edith. O pai não gostava de falar nela, e isso fez com que Ann nem mesmo soubesse que era judia e não tivesse qualquer ligação com Israel.

Mas três anos atrás, antes de morrer, ele entregou a ela uma carta — uma carta que Edith havia deixado para a filha. Ann parou de falar e olhou para mim, pensando consigo mesma se eu era suficientemente crescido para compreender as coisas que ela estava contando. Eu olhei direto nos olhos dela, um olhar significando que tudo estava muito claro para mim. Ela continuou a contar.

Na carta, Edith pedia perdão à filha. Desculpava-se por não ter sido uma boa mãe e por tê-la abandonado com tão pouca idade. "Quando você receber esta carta", escreveu, "com certeza vai ser uma mulher adulta e talvez até tenha filhos." Na carta, Edith contou sobre a sua vida; sobre a infância na Alemanha e a época de adolescente e adulta na Palestina, na terra de Israel. Escreveu sobre tudo — sobre seus amores, suas pinturas; sobre o que lhe tinham feito como castigo os homens da resistência clandestina, sobre a sua ligação com o oficial inglês, o pai da Ann. Então Ann me contou coisas que eu já sabia sobre os grandes amores da mãe, Rosenthal e Schwartz. Contou sobre os dois retratos que tinha desenhado antes de deixar Israel. "Esses dois quadros simbolizam a sua mãe", Edith escreveu para a filha, a filha que quase não conheceu. E pedia a ela que quando crescesse, e fosse independente, fizesse o possível para conseguir reaver os dois retratos. "De todos os quadros que pintei", escreveu Edith, "esses são os meus mais queridos. Você precisa consegui-los. Rosenthal e Schwartz não precisam mais deles. Eles certamente vão me esquecer. Mas eu quero que você conheça o meu rosto."

Ann me olhou com ar de interrogação. Eu disse depressa: "Eles não se esqueceram dela. Os dois ainda se lembram muito bem. A sua mãe não era uma mulher que a gente consegue esquecer facilmente. Mas continue contando".

E ela continuou. A carta e a morte do seu pai querido mudaram a vida dela. De repente Ann começou a sentir uma ligação com o judaísmo, com Israel. Leu livros sobre a história dos judeus e sobre a criação do Estado; começou a frequentar a sinagoga da comunidade judaica de Londres; teve encontros com os representantes sionistas; e não demorou muito para ela resolver emigrar para Israel. Até começou a usar de novo o sobrenome judaico da sua mãe — Strauss.

Sentei e fiquei escutando. Pensei nos estranhos destinos das pessoas. Rosenthal chegou aqui da Alemanha. Edith também, mas acabou indo para a Inglaterra, só para a filha voltar para cá tantos anos depois. E Ann continuava contando. Já fazia um ano e meio que estava aqui, no kibutz Kiryat Anavim, e a carta a incomodando o tempo todo. A consciência de não estar atendendo ao último pedido da mãe não lhe dava sossego. Na última semana sentiu que já não podia mais aguentar. Resolveu vir a Jerusalém e encontrar Schwartz. Ele a recebeu com extrema suspeita, e antes que ela pudesse abrir a boca, ele a acusou de vir até a casa dele com o objetivo de "espionar ou angariar dinheiro para instituições duvidosas". Ele foi agressivo e hostil. E atrás dele, sobre a estante, ela pôde ver o quadro. Impossível se enganar. O desenho da boca viva, risonha — a boca da sua mãe.

"E aí você roubou o quadro", eu disse com raiva. Olhei para ela admirado: tinha uma aparência tão delicada e... era capaz de fazer uma coisa dessas.

"Você não vai entender", ela disse. "Era uma lembrança da minha mãe, e ele era um homem tão abominável, e eu não roubei..."

"O quê?!", berrei pulando do meu lugar. Se não tinha sido ela a ladra, isso significava que o perigo não tinha passado!

"Na verdade eu peguei", ela explicou meio sem jeito. "Peguei o quadro emprestado dele — quer dizer, quando finalmente consegui sair da casa do senhor Schwartz, o quadro estava comigo; mas alguns minutos depois já estava de novo a caminho da casa dele. Entende?"

Não. Eu não entendia nada.

"Olha", ela disse com firmeza, as bochechas vermelhas de raiva, "eu não sou uma ladra. Esse quadro, tão importante para mim, eu não fui capaz de ficar com ele porque não suportei o fato de ter sido roubado. Preferia que não ficasse comigo, que ficasse com aquele velho horroroso, porque não queria guardar uma coisa roubada. Eu… agora você entende?" Ela estava quase suplicando. Fiz que sim com a cabeça.

"E o que você fez com o quadro?", perguntei.

Ann riu com amargura. "Me contentei com uma solução meio humilhante: tirei uma fotocópia na copiadora de uma loja. Isso é tudo que eu tenho, uma cópia pálida, frustrante. Logo depois embrulhei o quadro e mandei de volta para a casa do Schwartz. Com toda certeza já chegou."

Eu a encarei com assombro. Ela não sabia absolutamente nada sobre a confusão que tinha criado. "E… essa solução", perguntei num tom delicado, para não magoá-la, "era a mesma solução que você pretendia usar aqui, no quarto do senhor Rosenthal?"

"Sim", ela respondeu com voz sumida, desviando o

olhar do meu. "Olha, eu sei o que você está pensando de mim, mas achei que esse era um jeito de não atingir ninguém. Eu suponho que o Schwartz nem percebeu que peguei o quadro emprestado por alguns minutos. E o Rosenthal, seu avô, também não iria perceber."

"Ele não é meu avô", eu disse, "nós somos apenas amigos." Em seguida, olhei o relógio. Eram duas e meia. "Agora, você precisa me escutar com atenção, Ann", eu disse com a maior frieza possível. "Eu acho que você merece um castigo terrível, apesar de não ter a mínima ideia do que provocou. Dois homens estão prestes a se matar num duelo por causa do seu ato irresponsável. Mas no momento não posso perder tempo lhe dando uma lição de moral. Vou dizer só uma coisa: se você prestar bem atenção, se concordar em fazer exatamente o que eu lhe disser, sem vacilar e sem contestar, talvez a gente consiga terminar esse estranho episódio da melhor forma possível." Falei com determinação e clareza, e acho que o meu pai, que é advogado, iria se orgulhar de mim. "E mais uma coisa: se você fizer tudo o que eu lhe disser, tenho a impressão que ainda esta tarde vai poder receber os quadros originais da sua mãe, que estão com Schwartz e Rosenthal, sem precisar se conformar com cópias pálidas deles." Notei o olhar de satisfação dela. Eu sabia muito bem que as chances eram pequenas, mas tive uma ideia maluca. "Daqui a pouco a loja da Vera vai reabrir", eu lhe disse, "e no caminho vou explicando para você quem é ela. Mas ainda faltam alguns minutos até sairmos, e eu preciso de um tempo para pensar." Ela olhou para mim espantada. Acho que naquela hora eu me comportei com certa arrogância, mas sabia que tinha que lhe dar segurança para que ela concordasse em realizar o meu plano.

"E o que eu devo fazer enquanto você pensa?", ela perguntou num tom divertido, que me fez lembrar que, apesar de tudo, para ela eu ainda era um garoto de doze anos de idade.

E então me ocorreu a ideia mais genial do mundo. Expliquei para ela. Ann hesitou. Eu disse que se ela fizesse o que eu estava sugerindo, eu consideraria aquilo como uma compensação para o susto que tinha me dado. Ela riu. E concordou. Pegamos uma caneta e umas folhas de papel e nos minutos seguintes, enquanto o grande Sherlock Holmes ficava sentado na cama de Rosenthal planejando os próximos passos, Ann Strauss sentou-se à mesa e escreveu com rapidez e vontade, em inglês simples e claro, uma redação de cinco páginas sobre a vida de George, o garoto de Londres.

11.
O DUELO

Exatamente às três da tarde Vera chegou à sua loja na avenida Herzl, em Beit Hakerem. Restava apenas uma hora até o duelo entre Rudy Schwartz e Heinrich Rosenthal no pomar de maçãs ao lado do kibutz Ramat Rachel. Lembremos que a pistola de Rosenthal não continha balas. Eu contava com três coisas: o carrinho velho da Vera; a loja da Vera; a presença de espírito da Vera. Testei as três na ordem inversa. Ela passou pelo teste da presença de espírito com a maior facilidade: apresentei a Ann para ela, dizendo que era a filha de Edith Strauss, a pintora sobre quem tínhamos conversado naquela manhã. As duas se apertaram as mãos, e a Vera disse: "*Gottsolhelfen*, ela é cara da mãe!". Mas eu não deixei que ela fizesse nenhuma pergunta, e disse: "Vera, não dá tempo de explicar nada; daqui a uma hora vai acontecer uma coisa terrível no pomar de maçãs ao lado do kibutz Ramat Rachel. É questão de vida ou morte, e eu me refiro especialmente à morte. O senhor Rosenthal, de quem falamos hoje de manhã, corre o risco de ser morto se nós não nos apressarmos, entende?".

Ela não entendeu. Aliás, nas últimas horas eu só tinha dito coisas não muito claras para as pessoas à minha volta, além de dar alguns conselhos estranhos e fazer planos excêntricos. Só Deus sabe de onde tirei coragem para me arriscar tanto — talvez fosse apenas uma tolice infantil, e não coragem de verdade; mas eu não tinha tempo para ficar hesitando.

Vera concordou com a cabeça. Seus olhos brilhavam, e eu sabia que ela ia ajudar. Já fiquei um pouco mais tranquilo, porque a Vera era realmente uma pessoa especial, e era muito bom tê-la ao meu lado. Agora tínhamos de dar uma bela busca na loja dela — quer dizer, pesquisar todo o conteúdo da loja. Expliquei para Vera e para Ann o meu plano. Percebi que elas não estavam convencidas. Eu disse que estava seguro de que só assim Ann conseguiria obter os quadros das mãos de Rosenthal e Schwartz. Elas ainda vacilavam. Então eu disse que só assim poderíamos impedir o duelo. E elas se convenceram.

Mergulhamos os três na pequena loja e no depósito nos fundos, vasculhamos as pilhas de coisas velhas e reviramos objetos de todos os lados, levantando nuvens de poeira velha e assentada. De vez em quando Vera pegava algo de alguma prateleira oculta ou baixava, com a ajuda de um gancho, um cabide pendurado no teto, e examinávamos as velharias. Eu forçava a vista para enxergar no escuro, e também a memória para visualizar a comparação necessária. Em seguida rejeitava: não, não serve; a coisa precisa ser perfeita, uma réplica exata. Ann também participou ativamente das buscas. Era bom vê-la fuçando as pilhas de roupas, sacolas e valises, rastejando no meio das caixas de costura antigas, batendo a cabeça em velhos lustres de madeira sem soltar uma única queixa ou reclamação.

E então, quando já eram três e meia, e tínhamos quase desistido, e eu estava disposto a ir de carro até Ramat Rachel sem conseguir concretizar a minha ideia, Vera encontrou o que procurávamos, e que parecia estar à nossa espera nas profundezas do depósito durante trinta anos. Quatro minutos depois, quatro minutos em que fiquei esperando fora da loja, Vera e Ann saíram, os olhos brilhando e dando risada, e eu bati palmas de tanta felicidade — pois foi exatamente daquele jeito que eu tinha imaginado; só que não havia tempo para muita alegria ou comemorações porque os ponteiros do relógio já mostravam vinte para as quatro, e o tempo corria.

Nós nos enfiamos no carrinho velho da Vera. Ann tirou um espelhinho da bolsa e mudou o penteado, seguindo exatamente as minhas instruções. Depois olhou para mim no banco traseiro, fez "caras e bocas" e me deu um sorriso com uma piscada. Ela estava maravilhosa, e eu tinha certeza de que o meu plano iria funcionar.

O coitado do carro gemia toda vez que Vera pisava no acelerador. Ela passava como um furacão pelas ruas, o nariz praticamente enfiado no para-brisa. Nesse meio-tempo contei para as duas detalhes de todo o episódio — começando pelo dia anterior, quando Rosenthal recebeu a carta de ameaça, e recuando ainda mais na espiral do tempo até a época dos estudos na Universidade de Heidelberg, a Jerusalém dos anos 30 e 40, a Inglaterra, onde Edith Strauss morreu e Ann nasceu, e de volta para cá, para os anos 60 em Jerusalém.

Eu não via a cara da Ann, só as costas, pois ela estava

sentada bem na minha frente; mas conseguia ver a nuca — e quem acha que a nuca não tem expressão nenhuma está muito enganado. A nuca dela era impressionante: dizia quando ela estava preocupada, e também quando ficou aflita de remorso e brava consigo mesma. Depois, nós três nos calamos. Só o motor rugia.

Chegamos quando faltavam cinco para as quatro. Já era muito tarde, e eu só esperava que não fosse tarde demais. Estacionamos bem ao lado do pomar de maçãs, e eu pulei para fora do carro. Antes disso, expliquei direitinho para a Ann o que ela deveria fazer — e quando. O "quando" era de máxima importância, e eu estava um pouco preocupado porque não tinha certeza de que ela tivesse entendido bem.

Uma chuva fina começou a cair, e corri o mais rápido que pude. Eu sabia exatamente para onde correr, porque na minha frente, bem no meio do pomar, vi um pequeno ajuntamento de pessoas. Foi um momento difícil: de repente tive certeza de que eu tinha fracassado; mais que isso, tive receio de que o meu desejo infantil — de preparar uma espécie de peça de teatro — tivesse me levado a chegar tarde demais ao duelo. Senti um medo frio e úmido impregnando o meu coração, e ouvi a voz da minha mãe me dizendo: "Você vive tanto no seu mundo de fantasia que às vezes confunde fantasia com realidade"; e ela tinha toda razão. Naqueles segundos eu não tinha certeza se não havia feito uma confusão fatal entre os dois mundos, e cheguei a odiar a mim mesmo e a minha tendência de ver a vida e as pessoas ao meu redor como se fossem apenas parte de uma história imaginária que eu ia escrevendo.

Eu me aproximei correndo do grupo de pessoas, e elas se viraram para mim e me encararam surpresas. Brequei a minha corrida. Ficamos todos parados nos olhando.

Eram homens muito velhos. Vestiam casacos longos e escuros e carregavam guarda-chuvas pretos. Eles me examinaram com espanto. Todos eram encurvados de tão velhos, e tinham o rosto repleto de rugas. Por um momento me deram a impressão de uma pintura estranha, mas em seguida as faces começaram a assumir uma imagem familiar: eu já tinha encontrado todos eles, eram os amigos do senhor Rosenthal do café Almog, membros da Patrulha de Idosos para a Preservação dos Marcos Urbanos. A certa distância vi o próprio Rosenthal, parado de costas para nós olhando ao longe, na direção do povoado árabe de Tsur Baher, envolto na neblina. Desviei o meu olhar para a esquerda — e pela primeira vez vi o Schwartz, Rudy Schwartz, o valentão da Universidade de Heidelberg. Se eu não estivesse tão tenso, se não fosse o silêncio opressivo que reinava no pomar, eu teria caído na gargalhada. Vocês precisam entender: fazia dois dias que um Rosenthal apavorado falava nos meus ouvidos sobre o terrível valentão da universidade, sobre a força e a violência dele, e eu me esqueci completamente que tinham se passado quase cinquenta anos desde a época em que Rudy Schwartz era um valentão saudável e cheio de vigor. Ainda continuava calçando sapatos número quarenta e sete, mas atualmente sua figura despertava mais pena do que medo: era muito magro, uma magreza não natural, bem alto, e parecia um bambu prestes a quebrar com o vento. Só que aí vi os olhos dele e mudei de opinião. Os olhos ardiam. Não tenho outra palavra para descrever o fogo que queimava naqueles olhos. Um fogo de raiva, de loucura.

Um dos velhos do grupo me reconheceu. Era o baixinho Gamliel Stern. Ele deu um passo na minha direção:

"Amigo Dávid", disse com voz trêmula de velhice, "tentamos fazê-los desistir. Dissemos que não vale a pena, que não é bonito fazer uma coisa dessas na idade deles. Mas Schwartz foi irredutível. Realmente tentamos, fizemos o máximo". Ele deu um sorriso melancólico e voltou para o grupo. Outro velho, que eu não conhecia, disse num murmúrio: "Existe um código de honra, é como ele chama isso, o Schwartz. Honra ou morte. É impossível demovê-lo. Ele é absolutamente selvagem". E acrescentou mais alguma coisa em iídiche.

Os outros velhos assentiram. A chuva ficou mais forte. Era uma visão muito estranha: os velhos de preto, a neblina cinzenta, os galhos das árvores balançando com o vento. Pensei que gostaria que a minha mãe estivesse ali para ver como às vezes as fronteiras entre a realidade e a fantasia se misturam.

Mas naquele momento Schwartz deu um breve grito, e os velhos se viraram na direção dos dois. Me meti no meio deles para olhar. Rosenthal e Schwartz estavam parados um de costas para o outro, Schwartz muito mais alto. Os dois começaram a andar em sentidos opostos. Os passos de Schwartz eram determinados, precisos.

Rosenthal dava passos lentos, pesados. De repente, pela primeira vez desde que o conheci, percebi que ele era um homem velho. Todos os seus setenta anos pesavam sobre suas costas e seus ombros. Seus tênis brilhavam na chuva.

E então, só então, compreendi que faltavam apenas alguns segundos. Restavam somente um ou dois segundos para eu interromper aquela comédia idiota, e eu ali parado, sonhando! Então saí correndo em direção ao espaço vazio entre Rosenthal e Schwartz. Sem me dar conta do terrível perigo que estava correndo, me postei no meio dos dois, fechei os olhos e gritei com toda força: "Schwartz, não atire! Encontrei o ladrão!".

E não sabia se a resposta seria uma voz humana ou o estrondo do tiro de uma pistola.

12.
Foi ou não foi?

Depois veio o silêncio, um silêncio profundo e demorado. O meu corpo estava tenso como um punho pronto a dar um soco. Fiquei parado de olhos fechados, a chuva batendo na minha cara com pingos fortes. Ouvi um pequeno alvoroço vindo do grupo de velhos, os amigos do senhor Rosenthal.

"Quem é esse garoto?", ouvi a voz áspera, grave, do Schwartz. Respirei de alívio: ele não tinha atirado. Abri os olhos. Agora o Schwartz estava perto de mim, muito alto e muito magro, os olhos ardendo de raiva — mas a pistola na mão dele estava apontada para baixo. Não me virei para trás para ver Rosenthal. Era mais importante explicar ao agressivo Schwartz o que estava acontecendo.

"Escute-me, Schwartz", eu disse sem me preocupar com as boas maneiras, "ouça bem!" Eu estava com raiva daquele homem, eu o odiava. Ele era realmente um selvagem, disposto a matar só por causa de uma suspeita imaginária ou, talvez, por causa de lembranças distantes. "Eu sei quem roubou o seu quadro. Você vai recebê-lo de volta. Acontece que o quadro já está à sua espera, na sua casa."

Schwartz olhava para mim. Estava perplexo. Não esperava um contratempo desses, e muito menos estava acostumado que alguém lhe falasse daquela maneira.

"De onde você saiu?", ele exigiu saber, "e quem é você?"

Nesse meio-tempo, todos os velhos vieram e se juntaram ao nosso redor. Meu amigo Rosenthal também se aproximou e ficou ao meu lado. Vi o quanto ele estava aflito e odiei o Schwartz ainda mais. "Eu espero que você saiba do que está falando, amigo Dávid", Rosenthal disse, "pois não vou conseguir aguentar tudo isso mais uma vez."

Eu fiquei ali parado, sabendo que nenhuma explicação minha seria capaz de convencer o Schwartz, que a essa altura já estava completamente cego de raiva. Fiquei com medo de que, mais um pouco, ele fosse capaz de atirar em mim, e rezei para que Ann tivesse entendido exatamente o que eu havia lhe explicado, pois sabia que somente ela poderia me salvar daquela terrível complicação.

"Suma daqui, garoto!", ordenou Schwartz.

"Vá para casa, amigo Dávid, nós vamos prosseguir de onde paramos", disse Rosenthal, e deu dois passos para trás levantando a arma.

Nesse exato momento, do meio das macieiras surgiu Ann Strauss. Não estava vestindo seu macacão jeans habitual, nem usando os enormes óculos no rosto; trajava um lindo vestido longo, de mangas compridas bufantes — um vestido antigo, da época, que encontramos no depósito da Vera. Na cabeça, ela trazia um chapéu de abas largas onde estava presa uma pluma azul. O chapéu nós também achamos após uma busca meticulosa entre as pilhas de roupas e objetos usados do depósito. A cabeleira dourada da Ann reluzia debaixo do chapéu, e sua boca vermelha ria de felicidade; ela e Edith, sua mãe, eram parecidas como duas gotas d'água, conforme eu me lembrava do retrato que tinha visto de manhã, no livro de arte moderna judaica. Ah, vocês precisavam ver a expressão na cara dos dois, Rosenthal e Schwartz! Ficaram ali parados como se tivessem sido atingidos por um raio.

As pistolas caíram no chão e os dois correram — "correram" não é a palavra, eles voaram — na direção da Ann, cada um pegou uma mão e a beijou com suprema reverência. E ali ficaram os três, como uma imagem tirada de um antigo livro de contos de fadas; e só então inspirei o ar úmido, fechei os olhos e respirei profundamente, aliviado.

Esses fatos aconteceram mais ou menos uns dezesseis anos atrás. Quando me sentei para escrevê-los sabia com segurança que me lembraria das coisas mais importantes. Não havia nenhuma razão para esquecê-las, porque todo ano, no dia vinte de outubro — o dia em que quase ocorreu o duelo —, nós vamos juntos para um café em Jerusalém e comemoramos a data, recordando tudo que aconteceu.

Quando digo "nós" eu me refiro ao senhor Rosenthal, que hoje é um velho jovial e cheio de vigor, de mais de oitenta anos; à Vera, que até hoje vem aos encontros no mesmo carrinho velho, e ainda dirige com mão firme sua loja de objetos usados, que ninguém mais visita; e à Ann Strauss, que agora se chama Ann Lapidot e tem duas filhas e um filho pequeno. Aliás, a mais velha se chama

Idit, uma versão hebraica em homenagem à avó Edith, a famosa pintora.

Alguns dos amigos do senhor Rosenthal também aparecem para esses encontros. Apesar de o número diminuir de tempos em tempos, Gamliel Stern ainda vem; e também Haimon, antigo dono do café Almog, que não existe mais, de modo que agora os encontros acontecem no café Savion, no bairro de Rehávia.

Será que algum de vocês está interessado no destino de Rudy Schwartz? Bem, vou lhes contar: logo depois que Ann apareceu do meio das macieiras do pomar, e eu expliquei a todos os presentes o desenrolar dos fatos, deixando a própria Ann explicar o seu ato irresponsável, Schwartz declarou que estava disposto a ceder a Ann o quadro que estava em seu poder, o retrato da boca. Ela disse que não queria lhe causar nenhuma tristeza, pois sabia como o quadro era importante para ele. Mas ele respondeu que o quadro podia muito bem ficar com a Ann, e que, se quisesse de vez em quando dar uma olhada, ficaria feliz se pudesse visitá-la para isso. Ela concordou imediatamente.

E assim foi: nos anos seguintes, de vez em quando

Rudy Schwartz ia visitar a Ann — primeiro em Kiryat Anavim, onde ela morava na época, e mais tarde em Jerusalém, para onde se mudou depois de casada. Schwartz não participava da tradição dos nossos encontros comemorativos anuais, mas a Ann contava que mantinha contato com ele, e que ele gostava muito das crianças dela. Quando descreveu como a pequena Idit trepava nos joelhos do Schwartz, comecei a desconfiar de que, apesar de tudo, ele tinha algo de humano; mas o ressentimento que eu tinha em relação a ele não diminuiu com o passar do tempo.

Vocês ainda podem ver Heinrich Rosenthal nas ruas de Jerusalém, andando com seus tênis e sua máquina fotográfica Kapsa num estojo pendurado no ombro. Ele quase não mudou com o correr dos anos, só que agora usa uma bengala com ponta de metal brilhante. Aliás, fui eu que achei a bengala para ele no depósito de coisas velhas da Vera. Ele ainda mora no mesmo quarto no lar de idosos no bairro de Beit Hakerem, e a mala cinza ainda está lá, debaixo da cama, amarrada com duas tiras de pano. Tenho a impressão de que nem preciso contar que ele também concordou imediatamente em dar a Ann o quadro que estava em seu poder, o retrato dos olhos comoventes, a outra parte da face de Edith. Ann me conta que ele também vai de vez em quando à casa dela, e aí segura o quadro com as duas mãos e fica olhando longamente para ele. E uma vez até lhe contou a história do seu amor pela mãe dela. "Era um amor impossível", ele disse, e acrescentou: "e justamente as coisas impossíveis são aquelas que mais atraem o coração."

Eu me lembrei dessa frase quando resolvi narrar esse episódio por escrito. No começo, pensei comigo mesmo, ninguém vai acreditar! Como é possível que em Jerusalém, em meados dos anos 60, quase tivesse havido derramamento de sangue num duelo?!

Mas então me lembrei das palavras do meu amigo Rosenthal e resolvi escrever tudo, assim como se passou. E as fantasias também, exatamente como foram. E, no meu relato, as fronteiras entre a realidade e a fantasia foram se fundindo e se misturando, como na própria vida.

Sobre o autor

David Grossman nasceu em Jerusalém, em 1954. Estudou filosofia e teatro na Universidade de Jerusalém e trabalhou por muitos anos como correspondente da rádio nacional Kol Iysrael, onde também apresentou um programa infantil entre os anos de 1970 e 1984. O próprio *Duelo* foi lido no ar antes mesmo de ser publicado. Conhecido defensor da paz no conflito entre seu país e a Palestina, é autor de destaque em Israel por seus livros jornalísticos a respeito de questões políticas, tendo publicado mais de vinte obras de ficção e não ficção, para adultos, jovens e crianças, muitas delas premiadas. Dele, a Companhia das Letras lançou *O inferno dos outros*, *O livro da gramática interior*, *Garoto zigue-zague*, *Boa-noite, Girafa* (Letrinhas), *Fora do tempo*, *A mulher foge*, *Desvario*, *Ver: Amor*, *Mel de leão* e *Alguém para correr comigo* (romance juvenil).

Sobre o ilustrador

Gonzalo CárcamO nasceu no dia 8 de fevereiro de 1954, na cidade de Los Angeles, no sul do Chile. Já no colégio, ele ficava rabiscando cadernos e usava a lousa para fazer caricaturas de colegas e professores — que nem sempre aprovavam seu estilo. CárcamO chegou ao Brasil em 1976 para concluir a faculdade de arquitetura e decidiu ficar por aqui. Já fez caricaturas e ilustrações para vários jornais, revistas e livros no Brasil, na Espanha e no Chile. Ele tem verdadeira paixão por literatura infantil. É também autor de algumas histórias, entre elas *Modelo vivo, natureza morta* (Paulus), *A fantasia do Urubu Beleza* (Melhoramentos) e *Thapa Kunturi* (Companhia das Letrinhas), que recebeu o prêmio de melhor ilustração pela Fundação Nacional do Livro Infantil e Juvenil. Além de fazer livros, CárcamO se dedica a pintar e dar aulas de aquarela. Hoje vive em Ilhabela, no estado de São Paulo.

A marca FSC® é a garantia de que a madeira utilizada na fabricação do papel deste livro provém de florestas que foram gerenciadas de maneira ambientalmente correta, socialmente justa e economicamente viável, além de outras fontes de origem controlada.

Esta obra foi composta em Adobe Garamond e impressa em ofsete
pela Geográfica sobre papel Alta Alvura da Suzano S.A.
para a Editora Schwarcz em abril de 2022